文庫 23

大手拓次
佐藤惣之助

新学社

装幀　友成　修

カバー画
パウル・クレー『動物たちが出会う』一九三八年
個人蔵（スイス）
協力　日本パウル・クレー協会

河井寛次郎　作画

目次

大手拓次

大手拓次詩抄

藍色の蟇《ひき》

森の宝庫の寝間《ねま》に
藍色の蟇は黄色い息をはいて
陰湿の暗い暖炉のなかにひとつの絵模様をかく。
太陽の隠し子のやうにひよわの少年は
美しい葡萄のやうな眼をもつて、
行くよ、行くよ、いさましげに、
空想の猟人《かりうど》はやはらかいカンガルウの編靴に。

慰　安

悪気のそれとなくうなだれて
慰安の銀緑色の塔のなかへ身を投げかける。
なめらかな天鵞絨色《びろうどいろ》の魚よ、
忍従の木陰に鳴らす timbale《タンバアル》
秘密はあだめいた濃化粧《こいけしやう》して温順な人生に享楽の罪を贈る。
わたしはただ、空に鳴る鞭のひびきにすぎない。
水色に神と交遊する鞭にすぎない。

なまけものの幽霊

ある日なまけものの幽霊が
感奮して魔王の黒い黒い殿堂の建築に従事した。
ひとあたり手をつけてみると

妙にをかしくなつてきて、またどうやら倦《あ》き倦きしてしまつた。
しかし、仕事をつづけるといふことが怪しく残りをしかつたので
青い斧をふりあげては働いた。
そして、炎のやうに冥想の遺骸が質朴な木造車にのせられて通る。
黒い殿堂は休むことなく
ふだんの事のやうに工事が進められてゐる。
なまけものの幽霊は今更のやうにあたり前の誇りをみせびらかしたくなつた。
——みると幽霊の足には草色の瘤が出来てゐた。

蛇の道行

わたしの眼を、ふところに抱いた真珠玉のやうに暖めて、
懶惰《らんだ》の考へ深い錆色《さびいろ》をした蛇めが
若いはちきれるやうな血をみなぎらして蠟色の臥床《ふしど》にありながら、
おほやうな空の叢に舞ふ光の魂を招いたのだ。
それも無理もない話だ。

見たまへ、お互ひが持つてゐる慾の火壺のなかには可愛らしい子蛇と光りの卵が
　無心にふざけてる。
だんだんに子供たちの眼がふくらんできて、
ありもしない翅をはたつかせた。
そのたびに幻影はいきほひよくをどつた。
いたづらな神様は
かうして二人に罪と恵みの楽しみを料理してくれた。

撒水車の小僧たち

お前は撒水車をひく小僧たち、
川ぞひのひろい市街を悠長にかけめぐる。
紅や緑や光のある色はみんなおほひかくされ、
Silence《シイランス》と廃滅の水色の色の行者のみがうろつく。
これがわたしの隠しやうもない生活の姿だ。
ああわたしの果てもない寂寥を

街のかなたこなたに撒きちらせ、撒きちらせ。
撒水車の小僧たち、
あはい予言の日和が生れるより先に、
つきせないわたしの寂寥をまきちらせまきちらせ。
海のやうにわきでるわたしの寂寥をまきちらせ。

枯木の馬

神よ、大洋をとびきる鳥よ、
神よ、凡ての実在を正しくおくものよ、
ああ、わたしの盲《めくら》の肉体よ滅亡せよ、
さうでなければ、神と共に燃えよ、燃えよ、王城の炬火《たいまつ》のやうに燃えよ、
ああ、わたしの取るに足りない性の遺骸を棄てて、
暴風のうすみどりの槌のしたに。
香枕《かうまくら》のそばに投げだされたあをい手を見よ、
もはや、深淵をかけめぐる枯木の馬にのつて、

わたしは懐疑者の冷たい着物をきてゐる。
けれど神様よ、わたしの遺骸には永遠に芳烈な花を飾つてください。

象よ歩め

赤い表紙の本から出て、
皺だみた象よ、口のない大きな象よ、のろのろあゆめ、
ふたりが死んだ床の上に。
疲労ををどらせる麻酔の風車、
お前が黄色い人間の皮をはいで
深い真言《しんごん》の奥へ、のろのろと秋を背に負うて象よあゆめ、
おなじ眠りへ生の嘴《くちばし》は動いて、
ふとつた老樹《おいき》をつきくづす。
鶩のやうにひろがる象の世界をもりそだてて、
夜の噴煙のなかへすすめ、
人生は垂れた通草《あけび》の頸《くび》のやうにゆれる。

しなびた船

海がある、
お前の手のひらの海がある。
苺《いちご》の実の汁を吸ひながら、
わたしはよろける。
わたしはお前の手のなかへ捲きこまれる。
逼塞《ひっそく》した息はお腹の上へ墓標《はかじるし》をたてようとする。
灰色の謀叛よ、お前の魂を火皿《ほざら》の心《しん》にささげて、
清浄に、安らかに伝道のために死なうではないか。

黄金の闇

南がふいて
鳩の胸が光りにふるへ、

わたしの頭は醸された酒のやうに黴の花をはねのける。
赤い護謨《ごむ》のやうにおびえる唇が
力なげに、けれど親しげに内輪な歩みぶりをほのめかす。
わたしは今、反省と悔悟の闇に
あまくこぼれおちる情趣を抱きしめる。
白い羽根蒲団の上に、
産み月の黄金《わうごん》の闇は
悩みをふくんでゐる。

槍の野辺

うす紅い昼の衣裳をきて、お前といふ異国の夢がしとやかにわたしの胸をめぐる。
執拗な陰気な顔をしてる愚かな乳母《うば》は
うつとりと見惚れて、くやしいけれど言葉も出ない。
古い香木のもえる煙のやうにたちのぼる
この紛乱《ふんらん》した人間の隠遁性と何物をも恐れない暴逆な復讎心とが、

温和な春の日の箱車《はこぐるま》のなかに狎《な》れ親しんで
ちやうど麝香猫と褐色の栗鼠《りす》とのやうにいがみあふ。
をりをりは麗しくきらめく白い歯の争闘に倦怠の世は旋風の壁模様に眺め入る。

漁色

あを海色《うみいろ》の耳のない叢林よ、
たまごなりの媒妁のうつたうしい気分、
おとなしい山羊の曲り角に手をかけて、子供たちの空想の息をついてみよう。
夜《よる》よ、夜よ、夜の船のなかに
茴香色《うゐきやういろ》の性慾はこまやかに泡だつて、
花粉の霧のやうに麦笛をならす。

裸体の森

鏡の眼をもつた靡爛《びらん》の蛇が、
羚羊《かもしか》の腹を喰ひやぶる蛇が、
凝力の強い稟性《ひんせい》の痴愚を煽つて
炎熱の砂漠の上にたたきつぶす。
冷笑の使をおびた駝鳥が奇怪なづうたいをのさばらす。
死ね……
淫縦の智者よ、
芳香ある裸体の森へゆかう。
なめらかな氈《かも》の上に　化粧の蛇は媚をあふれこぼす。

憂はわたしを護る

憂はわたしをまもる。

のびやかに此心がをどつてゆくときでも、
また限りない瞑想の朽廃へおちいるときでも、
きつと　わたしの憂はわたしの弱い身体《からだ》を中庸の微韻のうちに保つ。
ああ　お前よ、鳩の毛並《けなみ》のやうにやさしくふるへる憂よ、
さあ　お前の好きな五月がきた。
たんぽぽの実のしろくはじけてとぶ五月がきた。
お前は　この光のなかに悲しげに浴《ゆあ》みして
世界のすべてを包む恋を探せ。

美の遊行者

そのむかし、わたしの心にさわいだ野獣の嵐が、
初夏の日にひややかによみがへつてきた。
すべての空想のあたらしい核《たね》をもとめようとして
南洋のながい髪をたれた女鳥《をんなどり》のやうに、
いたましいほどに狂ひみだれたそのときの一途《いちづ》の心が

いまもまた、このおだやかな遊惰の日に法服をきた昔の知り人のやうにやつてきた。
なんといふあてもない寂しさだらう。
白磁の皿にもられたこのみのやうに人を魅する冷たい哀愁がながれでる。
わたしはまことに美の遊行者であつた。
苗床のなかにめぐむ憂ひの芽望みの芽、
わたしのゆくみちには常にかなしい雨がふる。

野の羊へ

野をひそひそとあゆんでゆく羊の群よ、
やさしげに湖上の夕月を眺めて
嘆息をもらすのは、
なんといふ瞑合をわたしの心にもつてくるだらう。
紫の角を持つた羊のむれ、
跳ねよ、跳ねよ、
夕月はめぐみをこぼす……

わたし達すてられた魂のうへに。

つんぼの犬

だまつて聴いてゐる、
あけはなした恐ろしい話を。
むくむくと太古を夢見てる犬よ、
顔をあげて流れさる潮の
はなやかな色にみとれてるのか。
お前の後足のほとりには、いつも
ミモザの花のにほひが漂うてゐる。

泡だつ陰鬱

女のかひなのやうに泡《あわ》だつてくる

むさぼり好きの陰鬱よ、
あの黒い　いつもよくかしこまつてゐる小魚《こうを》が
空が絹をひいたやうにあまいので、
今日は　なだめやうもないほどむづかつてゐる。

河原の沙のなかから

河原の沙のなかから
夕映の花のなかへ　むつくりとした円いものがうかびあがる。
それは貝でもない、また魚でもない、
胴からはなれて生きるわたしの首の幻だ。
わたしの首はたいへん年をとつて
ぶらぶらとらちもない独りあるきがしたいのだらう。
やさしくそれを看《み》とりしてやるものもない。
わたしの首は　たうとう風に追はれて、月見草のくさむらへまぎれこんだ。

陶器の鴉

陶器製のあをい鴉《からす》、
なめらかな母韻をつつんでおそひくるあをがらす、
うまれたままの暖かさでお前はよろよろする。
嘴《くちばし》の大きい、眼のおほきい、わるだくみのありさうな青鴉、
この日和のしづかさを食べろ。

のびてゆく不具

わたしはなんにもしらない。
ただぼんやりとすわつてゐる。
さうして、わたしのあたまが香のけむりのくゆるやうにわいわいわらとみだれてゐる。
あたまはじぶんから
あはうのやうにすべての物音に負《ま》かされてゐる。

かびのはえたやうなしめつぽい木霊《こだま》が
はりあひもなくはねかへつてゐる。
のぞみのない不具《かたは》めが
もうおれひとりといはぬばかりに
あたらしい生活のあとを食ひあらしてゆく。
わたしはかうしてまいにちまいにち、
ふるい灰塚のなかへうもれてゐる。
神さまもみえない、
ふるへながら、のろのろしてゐる死をぬつたり消しぬつたり消ししてゐる。

みどり色の蛇

仮面のいただきをこえて
そのうねうねしたからだをのばしてはふ
みどり色のふとい蛇よ、
その腹には春の情感のうろこが

らんらんと金《きん》にもえてゐる。
みどり色の蛇よ、
ねんばりしたその執著を路ばたにうゑながら、
ひとあし　ひとあし
春の肌にはひつてゆく。
うれひに満ちた春の肌は
あらゆる芬香にゆたゆたと波をうつてゐる。
みどり色の蛇よ、
白い柩《ひつぎ》のゆめをすてて、
かなしみにあふれた春のまぶたへ
つよい恋をおくれ、
そのみどりのからだがやぶれるまで。
みどり色の蛇よ、
いんいんとなる恋のうづまく鐘は
かぎりなく美の生立《おひたち》をときしめす。
その歯で咬め、
その舌で刺せ、

その光ある尾で打て、
その腹で紅金《こうきん》の焰を焚《た》け、
春のまるまるした肌へ
永遠を産む毒液をそそぎこめ。
みどり色の蛇よ、
そしてお前も
春とともに死の前にひざまづけ。

輝く城のなかへ

みなとを出る船は黄色い帆をあげて去つた。
嘴《くちばし》は木の葉の群をささやいて
海の鳥はけむりを焚いてゐる。
磯辺の草は亡霊の影をそだてて、
わきかへるうしほのなかへわたしは身をなげる。
わたしの身にからまる魚のうろこをぬいで、

泥土に輝く城のなかへ。

くちなし色の車

つらなつてくる車のあとに　また車がある。
あをい背旗《せばた》をたてならべ、
どこへゆくのやら若い人たちがくるではないか、
しやりしやりと鳴るあらつちのうへを
うれひにのべられた小砂利のうへを
笑顔しながら羽ぶるひをする人たちがゆく。
さうして、
くちなし色の車のかずが
河豚《ふぐ》のやうな闇のなかにのまれた。

銀の足鐶

——死人の家をよみて——

囚徒らの足にはまばゆい銀のくさりがついてゐる。
そのくさりの鐶《くわん》は　しづかにけむる如く
呼吸をよび　嘆息をうながし、
力をはらむ鳥の翅《つばさ》のやうにささやきを起して、
これら　憂愁にとざされた囚徒らのうへに光をなげる。
くらく　いんうつに見える囚徒らの日常のくさむらをうごかすものは、
その、感触のなつかしく　強靱なる銀の足鐶《あしわ》である。
死滅のほそい途《みち》に心を向ける　これらバラツクのなかの人人は
おそろしい空想家である。
彼等は精彩ある巣をつくり、雛《ひな》をつくり、
海をわたつてとびゆく候鳥である。

雪をのむ馬

自然をつくる大神《おほかみ》よ、
まちの巷《ちまた》をくらうする大気のおほどかなる有様、
めづらしい幽闇の景色をゐがいて、
その　したしたとしたる碧玉《サファイル》のつれなさにしづみ、
ゆたかにも企画をめぐらすものは、
これ　このわたしといふ
青白い幻の雪をのむ馬。

ふくろふの笛

とびちがふ　とびちがふ暗闇のぬけ羽の手、
その手は丘をひきよせてみだれる。
そしてまた　死の輪飾りを

薔薇のつぼみのやうなお前のやはらかい肩へおくるだらう。
おききなさい、
今も今とて　ふくろふの笛は足ずりをして
あをいけむりのなかにうなだれるお前のからだを
とほくへ　とほくへと追ひのける。

生きたる過去

とりかへしのつかない、あの生きたる過去は
ひたひの傷をおさへながらあるきまはる。
だらだらとよみがへつた生血《なまち》はひたひからおちて、
牡熊《をぐま》のやうにくるしさをしのんでゐる。
過去は永遠のとびらをふさがうとする。
過去はたましひのほとりに黄金《こがね》のくさりを鳴らす。
わたしのもえあがる恋の十字架のうへに
うつくしい棺衣《かけぎぬ》と灰の白刃《しらは》とをあたへる。

かなしい過去のあゆみは
わたしのからだを泥海のやうにふみあらす。

香炉の秋

むらがる鳥よ、
むらがる木《こ》の葉よ、
ふかく、こんとんと冥護《めいご》の谷底へおちる。
あたまをあげよ、
さやさやとかける秋は　いましも伸びてきて、
おとろへた人人のために
音《ね》をうつやうな香炉をたく。
ああ　凋滅《てうめつ》のまへにさきだつこゑは
無窮の美をおびて境界をこえ、
白い木馬にまたがつてこともなくゆきすぎる。

球形の鬼

あつまるものをよせあつめ、
ぐわうぐわうと鳴るひとつの箱のなかに、
やうやく眼をあきかけた此世の鬼は
うすいあま皮に包まれたままでわづかに息をふいてゐる。
香具をもたらしてゆく虚妄の妖艶、
さんさんと鳴る銀と白蠟の燈架のうへのいのちは、
ひとしく手をたたいて消えんことをのぞんでゐる。
みよ、みよ、
世界をおしかくす赤いふくらんだ大足《おほあし》は
夕焼のごとく影をあらはさうとする。
ああ、力と闇とに満ちた球形の鬼よ、
その鳴りひびく胎期の長くあれ、長くあれ。

走る宮殿

紺色にまたみどり色にあかつきの空を手でかなでる、
このみごもりの世界に満ちた悉くの蛇よ、
おまへたちの　その女のへそのやうなやはらかな金のうろこをうごかして、
さびしいこのふるい霊像のまはりをとりまけ、
うろこからでる青銅の焔はをどる、
なみだをたれてゆく化生《けしやう》の罪は
霧のやうに消えさる。
あかつきは生長して紅《べに》の彩光をなげあたへ、
ひとつひとつの住居《すまゐ》はとびらをひらいて念じ、
さて、わたしたち精霊《コオラス》の宮は
あけぼののやさしい Chorus のなかへとはしる。

白い鬚をはやした蟹

おまへはね、しろいひげをはやした蟹だよ、
なりが大きくつて、のさのさとよこばひをする。
幻影をしまつておくうねりまがつた迷宮のきざはしのまへに、
何年《なんねん》といふことなくねころんでゐる。
さまざまな行列や旗じるしがお前のまへをとほつていつたけれど、
そんなものには眼もくれないで、
おまへは自分ひとりの夢をむさぼりくつてゐる。
ふかい哄笑がおまへの全身をひたして、
それがだんだんしづんでゆき、
地軸のひとつの端《はし》にふれたとき、
むらさきの光をはなつ太陽が世界いちめんにひろがつた。
けれどもおまへはおなじやうにふくろふの羽ばたく昼《ひる》にかくれて、
なまけくさつた手で風琴をひいてゐる。

むらがる手

空はかたちもなくくもり、
ことわりもないわたしのあたまのうへに、
錨《いかり》をおろすやうにあまたの手がむらがりおりる。
街のなかを花とふりそそぐ亡霊のやうに
ひとしづくの胚珠《はいしゆ》をやしなひそだてて、
ほのかなる小径《こみち》の香《か》をさがし、
もつれもつれる手の愛にわたしのあたまは野火のやうにもえたつ。
しなやかに、しろくすずしく身ぶるひをする手のむれは、
今わたしのあたまのなかの王座をしめて相姦《さうかん》する。

木立の相

物語のおくに

ちひさな春の悔恨をうめたてて、
あをいあをい小蜂《こばち》の羽なりの狼煙《らうえん》をみまもり、
ふりしきる木立の怪相ををがむ。
ふるひをののく心の肌にすひついて
その銀の牙をならし、
天地しんごんとしてとけるとき、
幻化の頌《じゆ》を誦《しよう》す。
木立は紫金《しこん》の蛇をうみ、
おしせまる海浪まんまんとして胎盤のうへに芽ぐむとき、
悪の宝冠はゆめをけちらして神を抱く。
ことばなく、こゑなく、陸《をか》に、海に、
ながれる存在の腹部は紅爛《こうらん》のよろこびをそだてて屈伸する。

創造の草笛

あなたはしづかにわたしのまはりをとりまいてゐる。

わたしが　くらい底のない闇につきおとされて、
くるしさにもがくとき、
あなたのひかりがきらきらとかがやく。
わたしの手をひきだしてくれるものは、
あなたの心のながれよりほかにはない。
朝露のやうにすずしい言葉をうむものは、
あなたの身ぶりよりほかにはない。
あなたは、いつもいつもあたらしい創造の草笛である。
水のおもてをかける草笛よ、
また　とほくのはうへにげてゆく草笛よ、
しづかにかなしくうたつてくれ。

名も知らない女へ

名もしらない女よ、
おまへの眼にはやさしい媚がとがつてゐる、

そして　その瞳は小魚のやうにはねてゐる、
おまへのやはらかな頰は
ふつくりとして色とにほひの住処《すみか》、
おまへのからだはすんなりとして
手はいきもののやうにうごめく。
名もしらない女よ、
おまへのわけた髪の毛は
うすぐらく、なやましく、
ゆふべの鐘のねのやうにわたしの心にまつはる。
『ねえおつかさん、
あたし　足がかつたるくつてしやうがないわ』
わたしはまだそのこゑをおぼえてゐる。
うつくしい　うつくしい名もしらない女よ。

みどりの狂人

そらをおしながせ、
みどりの狂人よ。
とどろきわたる娼嫉《ぼうしつ》のいけすのなかにはねまはる羽《はね》のある魚は、
さかさまにつつたちあがつて、
歯をむきだしていがむ。
いけすはばさばさとゆれる、
魚は眼をたたいてとびださうとする。
風と雨との自由をもつ、ながいからだのみどりの狂人よ、
おまへのからだが、むやみとほそくながくのびるのは、
どうしたせゐなのだ。
いや…………魚のはねるのがきこえる。
おまへは、ありたけのちからをだして空をおしながしてしまへ。

法性のみち

わたしはきものをぬぎ、

じゆばんをぬいで、
りんごの実のやうなはだかになつて、
ひたすらに法性《ほふしやう》のみちをもとめる。
わたしをわらふあざけりのこゑ、
わたしをわらふそしりのこゑ、
それはみなてる日にむされたうじむしのこゑである。
わたしのからだはほがらかにあけぼののへはしる。
わたしのあるいてゆく路のくさは
ひとつひとつをとめとなり、
手をのべてはわたしの足をだき、
唇をだしてはわたしの膝をなめる。
すずしくさびしい野辺のくさは、
うつくしいをとめとなつて豊麗なからだをわたしのまへにさしのべる。
わたしの青春はけものとなつてもえる。

妬心の花嫁

このこころ、
つばさのはえた、角《つの》の生えたわたしの心は、
かぎりなくも温熱の胸牆《きようしやう》をもとめて、
ひたはしりにまよなかの闇をかける。
をんなたちの放埒《はうらつ》はこの右の手のかがみにうつり、
また疾走する吐息のかをりはこの左の手のつるぎをふるはせる。
妖気の美僧はもすそをひいてことばをなげき、
うらうらとして銀鈴の魔をそよがせる。
ことなれる二つの性は大地のみごもりとなつて、
谷間に老樹をうみ、
野や丘にはひあるく二尾《ふたを》の蛇をうむ。

黄色い馬

そこからはかげがさし、
ゆふひは帯をといてねころぶ。
かるい羽のやうな耳は風にふるへて、
黄色い毛並《けなみ》の馬は馬銜《はみ》をかんで繋がれてゐる。
そして、パンヤのやうにふはふはと舞ひたつ懶惰《らんだ》は
その馬の繋木《つなぎ》となつてうづくまり、
しき藁《わら》のうへによこになれば、
しみでる汗は祈禱の糧《かて》となる。

日輪草

そらへのぼつてゆけ、
心のひまはり草よ、

きんきんと鈴をふりならす階段をのぼつて、
おほぞらの、あをいあをいなかへはひつてゆけ、
わたしの命は、そこに芽をふくだらう。
いまのわたしは、くるしいさびしい悪魔の罠《わな》につつまれてゐる。
ひまはり草よ、
正直なひまはり草よ、
鈴のねをたよりにのぼつてゆけ、のぼつてゆけ、
空をまふ魚《うを》のうろこの鏡は、
やがておまへの姿をうつすだらう。

金属の耳

わたしの耳は
金糸《きんし》のぬひはくにいろづいて、
鳩のにこ毛のやうな痛みをおぼえる。
わたしの耳は

うすぐろい妖鬼の足にふみにじられて、
石綿《いしわた》のやうにかけおちる。
わたしの耳は
祭壇のなかへおひいれられて、
そこに隠呪をむすぶ金物《かなもの》の像となつた。
わたしの耳は
水仙の風のなかにたつて、
物の招きにさからつてゐる。

朱の揺椅子

岡をのぼる人よ、
野をたどる人よ、
さてはまた、とびらをとぼとぼとたたく人よ、
春のひかりがゆれてくるではないか。
わたしたちふたりは

朱と金との揺椅子《ゆりいす》のうへに身をのせて、
このベエルのやうな氛気《ふんき》とともに、かろくかろくゆれてみよう、
あの温室にさくふうりん草《さう》のくびのやうに。

足をみがく男

わたしは足をみがく男である。
誰のともしれない、しろいやはらかな足をみがいてゐる。
そのなめらかな甲の手ざはりは、
牡丹の花のやうにふつくりとしてゐる。
わたしのみがく桃色のうつくしい足のゆびは、
息のあるやうにうごいて、
わたしのふるへる手は涙をながしてゐる。
もう二度とかへらないわたしの思ひは、
ひばりのごとく、自由に自由にうたつてゐる。
わたしの生の祈りのともしびとなつてもえる見知らぬ足、

さはやかな風のなかに、いつまでもそのままにうごいてをれ。

夜会

わたしの腹のなかでいま夜会がある。
壁にかかる黄色と樺とのカアテンをしぼつて、
そのなかをのぞいてみよう。
まづ第一におほきな眼をむきだして今宵の主人役《あるじやく》をつとめてゐるのは焦茶色の年
　とつた蛇である。
そのわきに気のきいた接待ぶりをしめしてゐるのは白毛の猿である、
（猿の眼からは火花のやうな真赤な閃光《ひらめき》がちらちら走る）
それから、古びた頭巾をかぶつた片眼の法師、
秋のささやきのやうな声をたてて泡をふく白い髯をはやした蟹、
半月の影をさびしくあびて、ひとりつぶやいてゐる金《きん》の眼のふくろふ、
ゐざりながらだんだんこつちへやつてくるのは足をきられた鰐鮫《わにざめ》だ。
するとそよそよとさわだつて、くらいなかからせりあがるのはうす色の幽霊である、

幽霊はかろく会釈して裾をひくとあやしい楽のねがする。
かたりかたりといふ扉のおと、
ちひさな蛙ははねこみ、
すばしつこい蜥蜴《とかげ》はちよろりとはひる。
またしても、ぼさぼさといふ音がして、
鼬《いたち》めが尻尾でおとづれたのである。
やがて車のかすれがきこえて、
しづかに降りたつてきたのは、あをじろい顔の少女である、
この少女こそ今宵の正客である。
少女はくちをひらいて、おそなはつた詫《わび》をいふ。
その馬車の馬のいななきが霧をよんで、ますます夜《よる》はくらくなる。
さて何がはじまるのであらう。

『悪の華』の詩人へ

Ⅰ

たそがれの色はせまり、
紅貝《べにがひ》のやうなおまへの爪はやはらかい葡萄色になみだぐむ。
おまへの手は空をさし、
おまへの足は地をいだき、
おまへのからだは野の牝兎《めうさぎ》のやうにくらがりの韻をはらむ。
さて、わたしは眼のなかにひとつの手斧をもち、
このからだを、このたましひを、
みづから断頭台のそよぎのうへにはこぶ。
断頭台はゆれてはためき、血の噴水をみなぎらし、
亡霊のやうに死のおびきをしめすとき、
わたしの生命《いのち》は鳥のやうにまひたつてとびかひながら、
地の底にねむる母体の神性をよびさますのである。
無言の神性はますますはびこつて蔓草《つるくさ》となり、水となり、霧となり、

大空の凝視となつてあゐ色のゆたかなる微笑にふけつてゐる。
なつかしいひとりの友ボオドレエルよ、
わたしはおまへの幻怪のなかに床をとつてねてゐる。
おまへの手づくりの香のふしぎに酔《ゑ》うてゐる。
おまへはそのながくのびたうつくしい爪をだして美女の肢体をひきかく。
とび色のおまへの眼はつねに泉のごとく女のうしろ姿を創造する。
神話的なおまへの鼻はいろいろのお伽噺をかぎわけ、
あるひは、巣のなかでかへる卵の牝牡《めすをす》をききしる。
年とつた鷺のごとく、またわかい小猿のごとく路ばたにころびねをして、
神神の手にいだかれておこされる。
わたしの魂にあやしい美酒をつぐボオドレエルよ、
おまへのうしろには醜い罪の乳房が鳴り、
暗緑色の乳液がながれてゐる。
けれどもそれは、まことに地上に悲しい奇蹟の道化をうんだ胎盤である。

Ⅱ

ボオドレエルよ、

わたしは Emile de Roy のかいたおまへの画をみてはあこがれてゐた。
白茶色のかりとぢの Les fleurs du mal をかたときもはなしたことはない。
さうして酒のみが酒をのむやうに、
また男がうつくしい女のからだをだくやうに、
おまへの思想をむさぼりくつてゐる。
はてはつれづれのあまりに、
紙のにほひをかぎしめて思ひをやり、
ひとつひとつ活字の星からでる光りをあぢはふ。
夜ねむるとき Les fleurs du mal はわたしの枕べにあり、
ひるは香炉のやうに机のすみにおかれてある。
旅するとき Les fleurs du mal と字引とはいつもわたしのふところにはひつてゐる。

Ⅲ

青灰色の昆虫、
銀と緋色の生物、
鴉と猫とのはらみ子、
大僧正の臨終にけむりのごとくたちのぼる破戒の妖気、

雨ごとにおひたつ畑の野菜はめづらしい痼疾をもつてゐる。

湿気の小馬

かなしいではありませんか。
わたしはなんとしてもなみだがながれます。
あの　うすいうすい水色をした角をもつ、
小馬のやさしい背にのつて、
わたしは山しぎのやうにやせたからだをまかせてゐます。
わたしがいつも愛してゐるこの小馬は、
ちやうどわたしの心が、はてしないさざめ雪のやうにながれてゆくとき、
どこからともなく、わたしのそばへやつてきます。
かなしみにそだてられた小馬の耳は、
うゐきやう色のつゆにぬれ、
かなしみにつつまれた小馬の足は
やはらかな土壌の肌にねむつてゐる。

さうして、かなしみにさそはれる小馬のたてがみは、
おきなぐさの髪のやうにうかんでゐる。
かるいかるい、枯草のそよぎにも似る小馬のすすみは、
あの、ぱらぱらとうつ Timbale《タンバアル》 のふしねにそぞろなみだぐむ。

暁の香料

みどりの毛、
みどりのたましひ、
あふれる騒擾《さうぜう》のみどりの笛、
木の間をけむらせる鳥の眼のいかり、
あけぼのを吹く地のうへに匍ひまはるみどりのこほろぎ、
波のうへに祈るわたしは、
いま、わきかへるみどりの香料の鐘をつく。

母韻の秋

ながれるものはさり、
ひびくものはうつり、
ささやきとねむりとの大きな花たばのほとりに
しろ毛のうさぎのやうにおどおどとうづくまり、
宝石のやうにきらめく眼をみはつて
わたしはかぎりなく大空のとびらをたたく。

蛙の夜

いつさいのものはくらく、
いつさいのおとはきえ、
まんまんたる闇の底に、
むらがりつどふ蛙のすがたがうかびでた。

かずしれぬ蛙の口は、
ぱく、ぱく、ぱく、ぱく、……とうごいて、
その口のなかには一つ一つあをい星がひかつてゐる。

手の色の相

手の相は暴風雨《あらし》のきざはしのまへに、
しづかに物語りをはじめる。
赤はうれひごと、
黄はよろこびごと、
紫は知らぬ運動の転回、
青は希望のはなれるかたち、
さうして銀と黒との手の色は、
いつはりのない狂気の道すぢを語る。
空にかけのぼるのは銀とひわ色のまざつた色、
あぢさゐ色のぼやけた手は扉にたつ黄金《わうごん》の王者、

ふかくくぼんだ手のひらに、
星かげのやうなまだらを持つのは死の予言、
栗色の馬の毛のやうな艶つぽい手は、
あたらしい偽善に耽る人である。
ああ、
どこからともなくわたしをおびやかす
ふるへをののく青銅の鐘のこゑ。

水草の手

わたしのあしのうらをかいておくれ、
おしろい花のなかをくぐつてゆく花蜂《はなばち》のやうに、
わたしのあしのうらをそつとかいておくれ。
きんいろのこなをちらし、
ぶんぶんとはねをならす蜂のやうに、
おまへのまつしろいいたづらな手で

わたしのあしのうらをかいておくれ、
水草《みづくさ》のやうにつめたくしなやかなおまへの手で、
思ひでにはにかむわたしのあしのうらを
しづかにしづかにかいておくれ。

ベルガモットの香料

ほろにがい苦痛の滋味をあたへる愛恋、
とびらはそこに閉ざされ、
わたしの歩みをしぶりがちにさせる。
はりねずみの刺《とげ》に咲く美貌の花のやうに
恋情のうろこをほろほろとこぼしながら、
かぎりなくあまい危ふさのなまめかしさを強ひてくる。

ナルシサスの香料

くらやみを裂くひびきのやうに、
絹のすれあふささやきのやうに、
わたしの心を驚きと秘密へひきこむ手管《てくだ》、
そこにちひさなまつしろい小犬がゐて、
にこにこわらひながら、
迷ひ入るわたしの背中に黄色い息をはきかけた。
わたしはぶるぶるとふるへた。

月下香（Tubéreuse）の香料

手をひろげてものを抱く、
しろく匍《は》ひまはる化生《けしやう》のもの。
それは舟のうへのとむらひの歌、

あたらしい憂ひをのせてながれゆく、
身重の夜《よる》の化生《けしやう》のもの。

香料の墓場

けむりのなかに、
霧のなかに、
うれひをなげすてる香料の墓場、
幻想をはらむ香料の墓場、
その墓場には鳥の生き羽《ばね》のやうに亡骸《なきがら》の言葉がにほつてゐる。
香料の肌のぬくみ、
香料の骨のきしめき、
香料の息のときめき、
香料のうぶ毛のなまめき、
香料の物言ひぶりのあだつぽさ、
香料の身振りのながしめ、

香料の髪のふくらみ、
香料の眼にたまる有情《うじやう》の涙、
雨のやうにとつぷりと濡れた香料の墓場から、
いろめくさまざまの姿はあらはれ、
すたれゆく生物《いきもの》のほのほはもえたち、
出家した女の移り香をただよはせ、
過去へとびさる小鳥の羽をつらぬく。

香料のをどり

木立をめぐる鬼面の闇、
河豚《ふぐ》のやうなうめきをそよりたてて、
ものしづかにのぼる新月、
饐《す》えたるものかげは草のやうに生ひたち、
ふりみだす髪、
かきならす髪、

よろこびにおどろく髪、
野生の馬のやうに香気ある肢体をながして
うつりゆく影のすがたは、
いよいよふくらみ形をこめてつぶやく。
香料の宝石、
香料の寝間、
地のうへをはふ秘密の息のやうに、
あでやかにをどりながら、
墓石に巣くふ小鳥のかげをひらめかす。

罪悪の美貌

めんめんとしてつながりくる火の柱、
異形のくろい人かげは火のなかにみだれあうて、
犬の遠吠のやうにうづまく。
くろいからだに

真珠の環《わ》をかざり、
あをいサフイイルの頸環をはめ、
くちびるに真紅の眼をにほはせ、
とろ火のやうにやうやうともえる火の柱のなかに、
あるひは、めらめらとはひのめる火の蛇のうそぶきに、
罪の美貌の海鼠《なまこ》は
いよいよくさり、
いよいよかがやき、
いよいよ美しく海にしづむ。

すみれの葉の香料

ものすごくしめりをおびて
わきおこる悩乱の青蜘蛛《あをぐも》、
柩車《きうしや》のすべりゆくかげとかたちと、
よりそひ　かさなりあつて、

ながい吐息をもらす。
時をたべつくし、
亡《ほろ》びをよみがへらせる思ひでの牝犬《めいぬ》。

あをざめた僧形の薔薇の花

もえあがるやうにあでやかなほこりをつつみ、
うつうつとしてあゆみ、
うつうつとしてわらつてゐた
僧形《そうぎやう》のばらの花、
女の肌にながれる乳色のかげのやうに
うづくまり　たたずみ　うろうろとして、
とかげの尾のなるひびきにもにて、
おそろしいなまめきをひらめかしてうかがひよる。
すべてしろいもののなかに
かくれふしてゆく僧形のばらの花、

ただれる憂鬱、
くされ　とけてながれる悩乱の花束、
美貌の情欲、
くろぐろとけむる叡智《えいち》の犬、
わたしの両手はくさりにつながれ、
ほそいうめきをたててゐる。
わたしのまへをとほるのは、
うつくしくあをざめた僧形のばらの花、
ひかりもなく　つやもなく　もくもくとして、
とほりすぎるあをざめたばらの花。
わたしのふたつの手は
くさりとともにさらさらと鳴つてゐる。

白い狼

白い狼が

わたしの背中でほえてゐる。
白い狼が
わたしの胸で、わたしの腹で、
うをう　うをうとほえてゐる。
こえふとつた白い狼が
わたしの腕で　わたしの股《もも》で、
ぼう　ぼうとほえてゐる。
犬のやうにふとつた白い狼が
真赤な口をあいて、
なやましくほえさけびながら、
わたしのからだぢゆうをうろうろとあるいてゐる。

灰色の蝦蟇

ちからなくさめざめとうかみあがり、
よれからむ秘密のあまいしたたりをなめて、

ひかげのやうなうすやみに、
あをい灰色の蝦蟇《がま》はもがもがとうごいた。
おほきなこぶしのやうな蝦蟇だ、
うみのなかのなまこのやうな
どろどろにけむりをはきだす蝦蟇だ、
たましひのゆめを縫《ぬ》つてとびあるく蝦蟇だ。
その肌は　ざらざらで、
そのくちびるはくろくただれ、
しじゆうびつしよりとぬれてゐる。
まよなかに黄色い風がふくと、
この灰色の蝦蟇は
みもちのやうにふくらんでくるのだ。
蝦蟇よ　おまへのからだを大事にして
そのくるしみをたへしのんでくれ。
さよなら　さよなら
わたしのすきなおほきな蝦蟇よ。

鏡にうつる裸体

鏡のおもてに
魚《うを》のやうに　ゆらゆらとうごく　しろいもの、
まるいもの、ふといもの、ぬらぬらするもの、
べつたりとすひつきさうなもの、
夜《よる》の花びらのやうに　なよなよとおよぐもの、
さては、うすあかいけもののやうに
のつぺりとしてわらひかけるもの。
ひろい鏡のおもてに、
ゆきちがひ、すれちがひ、からみあふもの、
くづれちる　もくれんの花のやうに
どろどろに　みだれて悲しさをいたはり、
もうもうとのぼるかげろふの青みのなかに、
つつみきれない肉のよろこびを咲きほこらせる。
ああ、みだれみだれてうつる白いけむりの肉、

ぼつてりとくびれて、ふくふくともりあがる肉の雨だれ、
ばらいろの蛇、みどり色の犬、
ぬれたやうにひかる　あつたかい女のからだ、
ぷつくりとゑみわれる　ぼたんの花、
かげはかげを追ひ、
ひかりはひかりをはしらせ、
つゆをふくんで　まつくろなゆめをはらませるもの、
につちやりと、うたれたやうな音をたてて、
なまめかしいこゑをもらす　白いおもいもの、
あのふくれた腹をごらんなさい、
うう、ううとけもののうめきにも似て命をささふ嘆息のエメロード、
まるくつて、まるくつて、
こりこりと　すばやく　あけぼのの霧をよぶやうなすずしいもも、
よれよれにからみつく乳房のあはあはしさ、
こほろぎのなくやうに　溶けてゆく
足の指のうるはしさ、
……………………。

くるぶしはやはらかくゆらめいて、
あまく、あまくわたしの耳をうつ。

仏蘭西薔薇の香料

まつしろな毛なみをうたせて
はひまはる秋の小兎、
うさぎの背にのびる美貌のゆめ、
ふむちからもなくうなだれてあゆみ、
つつしみの嫉妬をやぶり、
雨のやうにふる心のあつかましさに
いろどりの種をまいて、
くる夜《よる》の床《とこ》のことばをにほはせる。

盲目の鴉

うすももいろの瑪瑙《めなう》の香炉から
あやしくみなぎるけむりはたちのぼり、
かすかに迷ふ茶色の蛾は
そこに白い腹をみせてたふれ死ぬ。
秋はかうしてわたしたちの胸のなかへ
おともないとむらひのやうにやつてきた。
しろくわらふ秋のつめたいくもり日に、
めくら鴉《がらす》は枝から枝へ啼いてあるいていつた。
裂かれたやうな眼がしらの鴉よ、
あぢさゐの花のやうにさまざまの雲をうつす鴉の眼よ、
くびられたやうに啼きだすお前のこゑは秋の木の葉をさへちぢれさせる。
お前のこゑのなかからは、
まつかなけしの花がとびだしてくる。
うすにごる青磁の皿のうへにもられた兎の肉をきれぎれに噛む心地にて、

お前のこゑはまぼろしの地面に生える雑草である。
羽根をひろげ、爪をかき、くちばしをさぐつて、
枝から枝へあるいてゆくめくら鴉は、
げえを　げえを　とおほごゑにしぼりないてゐる。
無限につながる闇の宮殿のなかに、
あをじろくほとばしるいなづまのやうに
めくら鴉のなきごゑは　げえを　げえを　げえを　とひびいてくる。

林檎料理

手にとつてみれば
ゆめのやうにきえうせる淡雪《あはゆき》りんご、
ネルのきものにつつまれた女のはだのやうに
ふうはりともりあがる淡雪りんご、
舌のとけるやうにあまくねばねばとして
嫉妬のたのしい心持にも似た淡雪りんご、

まつしろい皿のうへに
うつくしくもられて泡をふき、
香水のしみこんだ銀のフオークのささえるのを待つてゐる。
とびらをたたく風のおとのしめやかな晩、
さみしい秋の
林檎《りんご》料理のなつかしさよ。

Wistaria の香料

銀のはりねずみをあそばせて、
なめらかな象牙の珠《たま》をころがすやうに、
孤独な物思ひはすることもなくたたずんでゐる。
いううつはくものあみのやうにひろがり、
竹笛をならすうたがひがしのびよる。

香料の顔寄せ

とびたつヒヤシンスの香料、
おもくしづみゆく白ばらの香料、
うづをまくシネラリヤのくさつた香料、
夜《よる》のやみのなかにたちはだかる月下香《テユベルウズ》の香料、
身にしみじみと思ひにふける伊太利の黒百合の香料、
はなやかに着物をぬぎすてるリラの香料、
泉のやうに涙をふりおとしてひざまづくチユウリツプの香料、
年の若さに遍路の旅にたちまよふアマリリスの香料、
友もなくひとりびとりに恋にやせるアカシヤの香料、
記憶をおしのけて白いまぼろしの家をつくる糸杉《シプレ》の香料、
やさしい肌をほのめかして人の心をときめかす鈴蘭の香料。

疾患の僧侶

みつめればみつめるほど深い穴のなかに、
凝念《ぎようねん》の心をとかして一心にねむりにいそぐ僧侶、
僧侶の肩に木《こ》の葉はさらさらと鳴り、
かげのやうにもうろうとうごく姿に、
闇をこのむ虫どもがとびはねる。
合掌の手のひらはくづれて水となり、
しづかにねむる眼は神殿の宝石のやうにひかりかがやき、
僧侶のゆくはれやかな道路のまうへに白い花をつみとる。
底のない穴のなかにそのすみかをさだめ、
ふしぎの路をたどる病気の僧侶は、
眼もなく、ひれもなく、尾もあぎともない
深海の魚のすがたに似て、
いつとなくあをぐろい扁平のかたまりとなつてうづくまる。
僧侶のみちは大空につながり、

僧侶の凝念は満開の薔薇となつてこぼれちる。

洋装した十六の娘

そのやはらかなまるい肩は、
まだあをい水蜜桃のやうに媚《こび》の芽をふかないけれど、
すこしあせばんだうぶ毛がしろい肌にぴちやつとくつついてゐるやうすは、
なんだか、かんで食べたいやうな不思議なあまい食欲をそそる。

夏の夜の薔薇

手に笑とささやきとの吹雪する夏の夜《よる》、
黒髪のみだれ心地の眼がよろよろとして、
うつさうとしげる森の身ごもりのやうにたふれる。
あたらしいされかうべのうへに、

ほそぼそとむらがりかかるむらさきのばらの花びら、
夏の夜の銀色の淫縦《いんじゆう》をつらぬいて、
よろめきながれる薔薇の怪物。
みたまへ、
雪のやうにしろい腕こそは女王のばら、
まるく息づく胴《トルス》は黒い大輪のばら、
ふつくりとして指のたにまに媚《こび》をかくす足は鬱金《うこん》のばら、
ゆきずりに秘密をふきだすやはらかい肩は真赤なばら、
帯のしたにむつくりともりあがる腹はあをい臨終のばら、
こつそりとひそかに匂ふすべすべしたつぼみのばら、
ひびきをうちだすただれた老女のばら、
舌と舌とをつなぎあはせる絹のばらの花、
あたらしいふらふらするされかうべのうへに
むらむらとおそひかかるねずみいろの病気のばら、
香料の吐息をもらすばらの肉体よ、
芳香の淵にざわざわとおよぐばらの肉体よ、
いそげよ、いそげよ、

沈黙にいきづまる歓楽の祈禱にいそげよ。

窓をあけてください

窓をあけてください。
あなたののこした影のにほひのしたはしさに、
わたしはひとともとの草のやうに生《お》ひそだち、
わたしはねむりのそこにひたつて、そのにほひに追ひすがる。
花のにほひに死ににゆく
羽虫のやうに悩みのあまさにおぼれて、
そぞろに　そぞろに　悲しみの夕化粧する。
窓をあけてください、
ほのかなわたしの恋びとよ。

言葉の香気

ことばは、空のなかをかけりゆく香料のひびきである。ゆめと生命とをあざなはせて、ゆるやかにけぶりながら、まつしろいほのほの肌をあらはに魂のうへにおほひかぶせるふしぎのいきものである。かはたれのうすやみにものの姿をおぼろめかす小鳥のあとのみをである。まぼろしは手に手をつないで河のながれをまきおこし、ものかげのさざめきを壺のなかに埋《う》めていきづまらせ、あをじろいさかづきのなかに永遠の噴水をかたちづくる。

　ことばのにほひは、ねやのにほひ、沈黙のにほひ、まなざしのにほひ、かげのにほひ、消えうせし楽《がく》のねのにほひ、かたちなきくさむらのにほひ、ゆめをふみにじる髪ひとすぢのにほひ、はるかなるうしろすがたのにほひ、あへども見知らずゆきすぎる恋人のうつりが、神のうへにむちうつ悪魔のにほひ、火のなかに月をかくすおちばのにほひ、ただれた雑草のくちびるに祈りをうつす秘密のにほひ、女のほぞに秋の手のひらを通はせる微笑のにほひ、とらへがたい枝枝のなかをおよぐ光のにほひ、肉親相姦の罪の美貌のにほひ、忘却の塔のいただきにふりかかる候鳥《こうてう》の糞《ふん》のにほひ、人人を死にさそふ蘭の怪花のにほひ、ひといろにときめき

あからむ処女《をとめ》のほほのゆふべのにほひ、荒鷲のくちばしにからまる疾風のにほひ、
天上する蛇のうろこに想念の月光を被《き》せる僧門のにほひ、窓より窓に咲いてゆく
うすずみいろの、あをいろの、べにのしまある風のにほひ、欲情のもすそにほえ
る主《ぬし》なきこゑのにほひ、五月のみどりばのきらきらとそよぐもののけのにほひ、
うまれいでざる胎児のおほはれた瞼《まぶた》のにほひ、大地の底にかきならす湖上の笛の
にほひ、はびこる動乱の霧に武装をほどく木馬のにほひ。
まことに、ことばはたましひのつくるそよかぜのながれである。

あなたのこゑ

わたしの耳はあなたのこゑのうらとおもてをしつてゐる。
みづ苔《ごけ》のうへをすべる朝のそよかぜのやうなあなたのこゑも、
グロキシニヤのうぶげのなかにからまる夢のやうなあなたのこゑも、
つめたい真珠のたまをふれあはせて靄《もや》のなかにきくやうなあなたのこゑも、
銀《ぎん》と黄金《こがね》の太刀《たち》をひらひらとひらめかす幻想の太陽のやうなあなたのこゑも、
月をかくれ、

沼の水をかくれ、
水中のいきものをかくれ、
ひとり　けざやかに雪のみねをのぼるやうな澄んだあなたのこゑも、
つばきの花やひなげしの花がぽとぽとおちるやうなひかりあるあなたのこゑも、
うすもののレースでわたしのたましひをやはらかくとりまくあなたのこゑも、
まひあがり、さてしづかにおりたつて、あたりに気をかねながらささやく河原の
　なかの雲雀《ひばり》のやうなあなたのこゑも、
わたしはよくよく知つてゐる。
とほくのはうからにほふやうにながれてくるあなたのこゑのうつりがを、
わたしは夜《よる》のさびしさに、さびしさに、
いま、あなたのこゑをいくつもいくつもおもひだしてゐる。

風のなかに巣をくふ小鳥

――十月の恋人に捧ぐ――

あなたをはじめてみたときに、

わたしはそよ風にふかれたやうになりました。
ふたたび　みたび　あなたをみたときに、
わたしは花のつぶてをなげられたやうに
たのしさにほほゑまずにはゐられませんでした。
あなたにあひ、あなたにわかれ、
おなじ日のいくにちもつづくとき、
わたしはかなしみにしづむやうになりました。
まことにはかなきものはゆくへさだめぬものおもひ、
風のなかに巣をくふ小鳥、
はてしなく鳴きつづけ鳴きつづけ、
いづこともなくながれゆくこひごころ。

西蔵のちひさな鐘

むらさきのつばきの花をぬりこめて、
かの宗門のよはひのみぞにはなやかなともしびをかかげ、

憂愁のやせさらぼへた馬の背にうたたねする鐘よ、
そのほのぐらい銀色のつめたさは
さやさやとうすじろく、うすあをく、
嵐気《らんき》にかくされたその風貌の刺《とげ》のなまなましさ。
鐘は僧形のあしのうらに疑問のいぼをうゑ、
くまどりをおしせまり、
笹の葉のとぐろをまいて、
わかれてもわかれてもつきせぬきづなの魚《うを》を生かす。

秋

ひとつのつらなりとなつて、
ふけてゆくうす月の夜《よ》をなつかしむ。
この　みづにぬれたたわわのこころ、
そらにながれる木《こ》の葉《は》によりかかり、
さびしげに　この憂鬱をひらく。

思ひ出はすてられた舞踏靴

それは　わたしの心にくろいさくらの咲きつづく
うすぐもりした春の日でした。
みどりの小石をつづつて
しろい小羽根《こばね》のしたにあたためてゐたのに、
おともなく
あらしのまへのそよかぜのやうに、
あなたのすがたはみえなくなつてしまひました。
あなたの白文鳥《しろぶんてう》のやうなみぶりが、
きえたわたしの橋のうへに
たえだえにすぎてゆきます。
さきこぼれるしろばらのゆふやみのやうなあなたのかほは
わたしの手鏡のなかに
ふしぎな春のぼんぼりをともしてゐます。
まどろみからさめたあなたの指が

みがかれた象牙《ざうげ》のやうにあをじろんで、
ほろにがい沈丁花《ぢんちやうげ》のにほひをうつしてゐます。
ああ　思ひではすてられた銀の舞踊靴《エスカルパン》のやうに
くさむらのなかによろけながら、
月のかげをおしつぶしてゐます。
ただ　あなたの指にふれたばかりで
はかなくわかれてしまつた恋人よ、
わたしは蜘蛛《くも》のやうにきずつけられて、
まだらのみを
風のなかにうごかしてゐるのです。

香水夜話

まつくらな部屋のなかにひとりの女がたつてゐた。
部屋はほのあたたかく、うすい霧でもただよつてゐるやうで、もやもやとして、
いかにもかろく、しかも何物の息かがさしひきするやうに、やはらかなおもみに

しづまりかへつてゐる。

をんなは、すはだかである。ひとつのきれも肌にはつけてゐない。ひとつの装飾品も身につけてはゐない。

髪はときながしたままである。油もくしもつけてはゐない。

顔にも手にも足にも、からだのすべてに何ひとつとして色づけるもののかげもないのである。

女は、いきたまま、まつたくの生地《きぢ》のままの姿である。肌の毛あなには闇がすひこまれてゐる。べにいろの爪には闇の舌がべろべろとさはつてゐる。ふくよかなももには、しどけない闇のうづまきがゆるくながれてゐる。

まつしろい女のからだは、あつたかい大きな花のやうにわらつてゐる。手もわらつてゐる。足の指もわらつてゐる。しろくけぶるやうな女のまるいからだは、むらさきのやみのなかに、うごくともなくさやさやとおよいで、かすかな吐息をはいてゐる。

女は白いふくろふだ。その足はしろいつばめだ。

闇は、きり、きり、きり、きりと底へしづみ、女の赤いくちびるは、白く、あをじろく、こころよいふるへをかみしめて、ほそい影をはいてゐる。

女の眼は、朝の蛇のやうにうす赤く黒ずんできて、いつぴきの蝙蝠がにげだした。

女のからだは水蛭のやうによぢれて、はては部屋いつぱいにのびひろがらうとしてゐる。

あへぎ、あへぎ、息がたえだえにならうとしてゐる。

このとき、女の左の乳房にリラの花の香水を一滴たらす。香水のにほひは、さくらのつぼみのやうなぽつちりとした乳房にくひついて、こゑをあげてゐる。

白い鳥の影を追うて

わたしの感覚の窓がすつかりとぢられてしまふ。さうして、ばうばくとしたひとつの羽音がきこえる。その羽音は香料をふくみ、音楽をわきたたせ、舞踊をはしらせるのである。わたしはしづんでゆく、しづんでゆく、かぎりない地軸のなかへ、黄金の針のやうにきりきりきりきりとしづんでゆく。なほ、わたしはおそろしい静かさと激動との追迫によつて、さらにはてしない混沌のなかへしづんでゆく。もはや、わたしの身のほとりには、四季の幻影は咲きこぼれ、意欲の発端は八面の舌をもやし、清麗な神体はそよかぜのやうにやはらかくそよいでゐる。

わたしは噴水をのぞみながら、しばられた孤独のわなにかけられて、ふかくふかく世紀をながれゆく懸橋《かけはし》をわたり、破滅のうへにれいろうとした芽をふく墓標をいだくのである。

水晶色の感情はなげられた母体の腹をさいてさけびをあげ、蛇をよみがへらせ、蛙をまねき、犬をいつくしみ、なめくぢを吸ひ、馬をそだて、狼と接吻するのである。

月のあかりのほのかにさすやうに、たえまなくしづんでゆくわたしの身に、いつとはなしにささめ雪ふりしきり、たそがれの風みだれ、海原の波舞ひあがり、曠野のくさむらにゆく白狐《しろぎつね》のあしおとがきこえる。

太古の銅盤のさざらさざらとひしめく騒音のかなたに、水辺の蘆《あし》のやうにあでやかにしなづくり、ほのめく微音の化粧してとびゆくもの。はッとしてみれば、わかき一羽の白鳩である。幻影は洪水のやうにあふれてきはまりなく、鳩のゆくへに追ひせまるのである。鳩はすずしくまひあがり、かろくめぐり、いなづまの爪のやうに消えさる。鳩は白い尾のかげをのこし、うすあかい指のかげをのこし、みづのながれをひきおこし、ふしぎにも伝統のゆめのそびらをたたいて青空へかけり、あたらしい痴人《ちじん》の手をみちびくのである。

このとき、わたしの足は薔薇の噴水となり、わたしの肌は薫香にむせぶ真珠のたまとなる。

十六歳の少年の顔

――思ひ出の自画像――

うすあをいかげにつつまれたおまへのかほには
五月のほととぎすがないてゐます。
うすあをいびろうどのやうなおまへのかほには
月のにほひがひたひたとしてゐます。
ああ　みればみるほど薄月のやうな少年よ、
しろい野芥子《のげし》のやうにはにかんでばかりゐる少年よ、
そつと指でさはられても真赤になるおまへのかほ、
ほそい眉、
きれのながい眼のあかるさ、
ふつくらとしたしろい頬の花、
水草のやうなやはらかいくちびる、

はづかしさと夢とひかりとでしないしないなとふるへてゐるおまへのかほ。

マリイ・ロオランサンの杖

――ロオランサンのある画を思ひて――

空にいつぽんのとかげをさがし、
あをみをはぎ、
霧をはきかけ、
たちのぼる香炉のなかに三年のいのちをのばし、
さて　春のそよかぜにひとつの眼をひらかせ、
秋の日だまりにもうひとつの眼をあかせ、
月をわり、日をふりこぼして、
鐘のねの咲きにほふ水のなかにときはなす。
うしなはれた情景はこゑをつみたて、
顔をみがき、
ひとり　ひとり　息をはく、

その草の芽のやうな角をおとして。

四月の顔

ひかりはそのいろどりをのがれて、
あしおともかろく
かぎろひをうみつつ、
河のほとりにはねをのばす。
四月の顔はやはらかく、
またはぢらひのうちに溶けながら
あらあらしくみだれて、
つぼみの花の裂けるおとをつらねてゆく。
こゑよ、
四月のあらあらしいこゑよ、
みだれても　みだれても
やはらかいおまへの顔は

うすい絹のおもてにうつる青い蝶蝶の群れ咲き。

莟から莟へあるいてゆく人

まだ　こころをあかさない
とほいむかうにある恋人のこゑをきいてゐると、
ゆらゆらする　うすあかいつぼみの花を
ひとつひとつ　あやぶみながらあるいてゆくやうです。
その花の
ひとの手にひらかれるのをおそれながら、
かすかな　ゆくすゑのにほひをおもひながら、
やはらかにみがかれたしろい足で
そのあたりをあるいてゆくのです。
ゆふやみの花と花とのあひだに
こなをまきちらす花蜂《はなばち》のやうに
あなたのみづみづしいこゑにぬれまみれて、

ねむり心地にあるいてゆくのです。

しろいものにあこがれる

このひごろの心のすずしさに
わたしは　あまたのしろいものにあこがれる。
あをぞらにすみわたつて
おほどかにかかる太陽のしろいひかり、
蘆《あし》のはかげにきらめくつゆ、
すがたとなく　かげともなく　うかびでる思ひのなかのしろい花ざかり、
熱情のさりはてたこずゑのうらのしろい花、
また　あつたかいしろい雪のかほ、
すみしきる十三のをとめのこころ、
くづれても　なほたはむれおきあがる青春のみどりのしろさ、
四月の夜の月のほほゑみ、
ほのあかい紅《べに》をふくんだ初恋のむねのときめき、

おしろいのうつくしい鼻のほのじろさ　ほのあをさ、
くらがりにはひでる美妙《びめう》な指のなまめかしい息のほめき、
たわわなふくらみをもち　ともしびにあへぐあかしや色の乳房の花、
たふれてはながれみじろくねやの秘密のあけぼののあをいいろ、
さみだれに　ちらちらするをんなのしろくにほふ足。
それよりも寺院のなかにあふれる木蓮《もくれん》の花の肉、
それよりも　色のない　こゑのない　かたちのない　こころのむなしさ、
やすみをもとめないで　けむりのやうにたえることなくうまれでる肌のうつりぎ、
月はしどろにわれて生物《いきもの》をつつみそだてる。

さかづきをあたへよ

手にさかづきをあたへよ、
この　あをくふくらんだ憂鬱のかほが
なみをうつてよろぼふとき。
そして　しばらくはふりかかる死の花粉をさけようではないか。

ながながとした髪のやうに
みづにべたべたとながれる憂鬱を脱がうではないか。
手にさかづきをあたへよ、
うすい　ほろほろとしたさかづきをあたへよ。

噴水の上に眠るものの声

ひとつの言葉を抱くといふことは、ものの頂を走りながら、ものの底をあゆみゆくことである。

ひとつの言葉におぼれて、そのなかに火をともすことは、とりもなほさず、窓わくのなかに朝と夕の鳥のさへづりを生きのままに縫箔することである。

ひとつの言葉に、もえあがる全存在を髣髴させることは、はるかな神の呼吸にかよふ刹那である。

ひとつの言葉を聴くことは、むらがる雨のおとを聴くことである。数限りない音と色と姿とけはひとを身にせまるのである。

ひとつの言葉に舌をつけることは、おそろしい鐘のねの渦巻に心をひたすことである。空空寂寂、ただひそかに逃れんとあせるばかりである。

ひとつの言葉に身を投げかけることは、恰も草木の生長の貌である。そこに芽はひらき、葉はのびあがり、いそいそと地に乳をもとめるのである。この幸福は無限の芳香をもつ。

ひとつの言葉を眺めれば、あまたの人の顔であり、姿であり、身振であり、そして消えてゆかうとするあらゆるものの別れである。含まれたる情熱の器は、細い葉のそよぎにゆらめいて、現を夢ににほはせるのである。

ひとつの言葉に触れることは、うぶ毛の光るももいろの少女の肌にふるへる指を濡れさせることである。指はにほひをきき、指はときめきを伝へ、指はあらしを感じ、指はまぼろしをつくり、指は焔をあふり、指はさまざまの姿態にあふれる思ひを背負ひ、指は小径《こみち》にすすり泣き、なほさらに指は芳香の壺にふかぶかと沈みてあがき、蜜のやうな執著のころもに自らを失ふのである。

ひとつの言葉を嗅ぐことは、花園のさまよふ蜂となることである。観念は指をきり、わきたつ噴水に雨をふらし、をののく曙は闇のなかに身をひるがへし、やはやはとし、すべてはほのかなあかるみの流れに身ぶるひをしてとびたつのである。

ひとつの言葉は、影となり光となり、漾《ただよ》うてはとどまらず、うそぶきをうみ、裂かれては浮み、おそひかかる力の放散に花をおしひらかせる。

ひとつの言葉は空中に輪をゑがいて星くづをふくみ、つぶさにそのひびきをつたへ、ゆふべのおとづれを紡ぐのである。

ひとつの言葉は草の葉である。その上の蛍である。その光である。光のなかの色である。色のまばたきである。まばたきの命である。消なば消ぬがのたはむれに似てゆらびく遠い意志である。

ひとつの言葉はしたたりおちる木の実であり、その殼であり、その果肉であり、その核であり、その汁である。さうして、木の実の持つすべてのうるほひであり、重みであり、動きであり、ほのほであり、移り気である。

ひとつの言葉を釣らんとするには、まづ倦怠の餌を月光のなかに投じ、ひとすぢの糸のうへをわたつてゆかなければならぬ。そのあやふさは祈りである。永遠の窓はそこにひらかれる。

ひとつの言葉は跫音《あしおと》である。くさむらのなかにこもる女の跫音である。とほいては消えがてに、またちかづくみづ色の跫音である。そのよわよわしさは、ながれる蝶のはねである。おさへようとすればくづれてしまふ果敢なさである。

ひとつの言葉はみえざるほのほである。闇である。明るみである。眠りである。ささやきである。円である。球体である。処女である。糸につながれた魚である。咲かうとする白いつぼみである。常春の年齢である。流れであり、風であり、丘であり、吹きならす口笛の蜘蛛である。

ひとつの言葉にひとつの言葉をつなぐことは花であり、笑ひであり、みとのまぐはひである。白い言葉と黒い言葉とをつなぎ、黄色い言葉と黒い言葉とをつなぎ、青の言葉と赤の言葉とを、みどりの言葉と黒い言葉とを、空色の言葉と淡紅《とき》色《いろ》の言葉とをつなぎ、或は朝の言葉と夜の言葉とをつなぎ、昼の言葉と夕の言葉とをむすび、春の言葉と夏の言葉とを、善と悪との言葉を、美と醜との言葉を、天と地との言葉を、南と北との言葉を、神と悪魔との言葉を、可見の言葉と不可見の言葉とを、近き言葉と遠き言葉とを、表と裏との言葉を、水と山との言葉を、指と胸との言葉を、手と足との言葉を、夢と空との言葉を、火と岩との言葉を、驚きと竦みとの言葉を、動と不動の言葉を、崩潰と建設の言葉を……つなぎ合せ、結びあはせて、その色彩と音調と感触とあらゆる昏迷のなかに手探りするいんいんたる微妙の世界の開化。

　まことに言葉はひとつの生き物である。それは小児の肌ざはりである。やはらかく、あたたかく、なめらかに、ふしぎにうごめき、もりあがり、けむりたち、びよびよとしてとどまらず、こゑをしのび、ほほゑみをかくし、なまなまとして夢をはらみ、あをくはなやぎ、ほそくしなやかに、風のやうにかすかにみだれ、よびかはし、よりかかり、もたれかかり、夜毎にふくらみ、ほのかに赤らみ、すべすべとしてねばり、はねかへり、ぴたぴたと吸ひつき、絶えず生長し、ひかりかがやき、よろこびを吹き、感じやすく、驚きやすく、ことごとくの音をきき色をうつし、時とともにとびさる感情の絵をゑがき、日とともに新しく、唄の森林をはびこらせる。

ひとつの言葉をえらぶにあたり、私は自らの天真にふるへつつ、六つの指を用ゐる。すなはち、視覚の指、聴覚の指、嗅覚の指、味覚の指、触覚の指、温覚の指である。さらに、私はあまたの見えざる指を用ゐる。たとへば年齢の指、方角の指、性の指、季節の指、時間の指、祖先の指、思想の指、微風の指、透明な毛髪の指、情欲の指、飢渇の指、紫色の病気の指、遠景の指、統覚の指、感情の生血の指、合掌の指、神格性の指、縹渺の指、とぎすまされてめんめんと燃える指、水をくぐる釣針の指、毒草の指、なりひびく瑪瑙の指、馬の指、蛇の指、蛙の指、犬の指、きりぎりすの指、蛍の指、鴉の指、蘆の葉の指、おじぎさうの指、月光の指、太陽のかげの指、地面の指、空間の指、雲の指、木立の指、流れの指、黄金の指、銀の指……指。私の肉体をめぐる限りない物象の香気の幕に魅せられて、これらの指といふ指はむらがりたち、ひとつの言葉の選びに向ふのである。その白熱帯は無心の勤行である。

心のなかの風

風です、
風です、
どこからともなくふきめぐる風です。
いたづらにしろいものをおひかけてゆく、
とほどほとしたかるい風です。
おまへの耳をあててきいてごらん、
なにもない　このひろびろとしたひろがりのなかに
はてもなく宿世《すくせ》の虫のねがながれてゐます。

春の日の女のゆび

この　ぬるぬるとした空気のゆめのなかに、
かずかずのをんなの指といふ指は

よろこびにふるへながら　かすかにしめりつつ、
ほのかにあせばんでしづまり、
しろい丁《ちやう》字《じ》草《さう》のにほひをかくして　のがれゆき、
ときめく波のやうに　おびえる死人の薔薇をあらはにする。
それは　みづからでた魚《うを》のやうにぬれて　なまめかしくひかり、
ところどころに眼《め》をあけて　ほのめきをむさぼる。
ゆびよ　ゆびよ　春のひのゆびよ、
おまへは　ふたたびみづにいらうとする魚である。

夜の時

ちろ　そろ　　ちろそろ
そろ　そろ　そろ
そる　そる　そる
　ちろちろちろちろ
され　され　されされされされされされ

びるびるびるびる　びる

昼の時

あを　あを　あを　あを　あを
いを　いを　いを
はむ　はむ　　　はむ　はむ
あう　あう
ふ　ふ　ふ　ふ　ふ　ふ　ふ

朝の時

あ　あ　あ　あ　あ
ろ　ろ　ろ　ろろろ　ろ　ろ　ろ

め　ろ　　め　ろ
ろろろろ　　ろろろろ　　ろろろ

黄色い接吻

もう　わすれてしまつた
葉かげのしげりにひそんでゐる
なめらかなかげをのぞかう。
なんといふことなしに
あたりのものが　うねうねとした宵でした。
をんなは　しろいいきもののやうに　むづむづしてゐました。
わたしのくちびるが
魚《うを》のやうに　をんなのくちのうへにねばつてゐました。
はを　はを　はを　はを
それは　　それは
あかるく　きいろい接吻でありました。

五月は裸体である

かはのおもてをすべつてくる
このやはらかい五月のすがたは、
りんごの花のやうにあをじろく、
はだかのままに　そぞろとして
ひかりのなかにながしめをかくす。

動物自殺倶楽部

この頃
まいばんのやうにおれの耳に映《うつ》つてくるのは
なまなましい　はてしない光景だ。
猿はくびをくくつて死に、
蛇はからみあつたまま泥に沈み、

馬は足を折つて眼をふさいだ。
犬は舌をだして息がたえた。
蛙はくさむらで姿を失ひ、
とかげは石の下に生きながら乾いてしまつた。
象は太陽の槍に心臓をやられるし、
狐は花の毒気にあてられた。
狼は共喰《ともぐひ》をしてくたばつた。
蝙蝠は煙突のなかにとびこんだ。
鴉は荊棘《いばら》のなかにとびこんだ。
なめくぢは竹の葉のくされのなかにすべりおちた。
三角形の大きな鉈《なた》で
くびをたたつきられる牛だ。

落葉のやうに

わすれることのできない

ひるのゆめのやうに　むなしさのなかにかかる
なつかしい　こひびとよ、
たとひ　わたしのかなしみが
おまへの　こころのすみにふれないとしても、
わたしは　池のなかにしづむ落葉のやうに
くちはてるまで　おもひつづけよう。
ひとすぢの髪の毛のなかに
うかびでる　はるかな日のこひびとよ、
わたしは　たふれてしまはう、
おまへの　かすかなにほひのただよふほとりに。

恋人のにほひ

こひびとよ、
おまへのにほひは　とほざかる　むらさきぐさのにほひです、
おまへのにほひは　早瀬のなかにたはむれる　若鮎のといきのにほひです、

おまへのにほひは　したたる影におどろく　閨鳥《ねやどり》のゆめのにほひです。

こひびとよ、
おまへのにほひは　うすくなりゆく朝やけの　ひかりの靄《もや》のひとときです、
おまへのにほひは　ふかれふかれてたかまりゆく　小草《をぐさ》のみだれです、
おまへのにほひは　すみとほる　かはせみの　ぬれた羽音です。

こひびとよ、
おまへのにほひは　きこえない秘密の部屋の　こゑの美しさです、
おまへのにほひは　ひとめひとめにむれてくる　ゆきずりの姿です、
おまへのにほひは　とらへがたない　ほのあをの　けむりのゆくへです。

こひびとよ、
おまへのにほひは　ゆふもや色の　鳩の胸毛のさゆれです。

夜の脣

こひびとよ、
おまへの　夜《よる》のくちびるを化粧しないでください、
その　やはらかいぬれたくちびるに　なんにもつけないでください、
その　あまいくちびるで　なんにも言はないでください、
ものしづかに　とぢてゐてください。
こひびとよ、
はるかな　夜のこひびとよ、
おまへのくちびるをつぼみのやうに
ひらかうとして　ひらかないでゐてください、
あなたを思ふ　わたしのさびしさのために。

死は羽団扇のやうに

この夜《よる》の　もうろうとした
みえざる　さつさつとした雨のあしのゆくへに、
わたしは　おとろへくづれる肉身のあまい怖ろしさをおぼえる。
この　のぞみのない恋の毒草の火に、
心のほのほは　日に日にもえつくされ、
よろこばしい死は
にほひのやうに　その透明なすがたをほのめかす。
ああ　ゆたかな　波のやうにそよめいてゐる　やすらかな死よ、
なにごともなく　しづかに　わたしのそばへやつてきてくれ。
いまは　もう　なつかしい死のおとづれは
羽団扇《はうちは》のやうにあたたかく　わたしのうしろにゆらめいてゐる。

骸骨は踊る

ぺき　ぺき　ぺき　と
うすい　どうんよりとした情景につれてをどる
いつぴきの　しろい骸骨《がいこつ》が、
ぬしの知れない　ながい舌がふらりと花のやうにたれさがり
蕭蕭《せうせう》と風をあふるのだ。
ふくらみきつた夜《よる》の胴体のまんなかに
しろい　ふにやふにやした骸骨は、
蛍のやうな魂を手にぶらさげて
きやらきやらと　をどりまはるのだ。

道化服を着た骸骨

この　槍衾《やりぶすま》のやうな寂しさを　のめのめとはびこらせて

地面のなかに　ふしころび、
野獣のやうにもがき　つきやぶり　わめき　をののいて
颯爽《さつさう》としてぎらぎらと化粧する　わたしの艶麗な死のながしめよ、
ゆたかな　あをめく　しかも純白の　さてはだんだら縞《じま》の道化服を着た　わたしの骸骨よ、
この人間の花に満ちあふれた夕暮に
いつぴきの孕《はら》んだ蝙蝠《かうもり》のやうに
ばさばさと　あるいてゆかうか。

病気の魚

ひとつの　渚《なぎさ》のなかに暮れ、
はぎとられた　青い鱗を鳴らしてかなしむ
病気の魚《うを》の　やさしい顔。

日食する燕は明暗へ急ぐ

このみちはほがらかにして無である。
ゆるぎもなく、恍惚としてねむり、まさぐる指にものはなく、なほ髣髴として
うかびいづるもののかたち。それは明暗のさかひに咲く無為の世界である。はて
しなく続きつづきゆく空《くう》である。
それは、放たれる仏性の眼である。
みづからのものをすてよ。
みづからをすてよ。
そこにかぎりない千年の眼はうつつとなく空霊の世界を通観する。
うごくもの、
ながれるもの、
とどまるもの、
そのいづれでもなく、いづれでもある縄縄たる大否定の世界にうつりすむので
ある。
万物は一如として光被され、すべてはmortalとimmortalの境を撤しさるのであ

る。

あらゆる相対を離れた絶対無絶対空の世界にうつりすむのである。

すべてをはなれて門に入るのである。

なほ、この相対とまみえる絶対をもこえて、いやさらに不可測の、思惟のゆるされざる虚無のなかにうつりすむのである。

みだれたる花のよびごゑである。客観的統体として絶えざる転位に向ふのである。

それは青面の破壊である。

あらゆるものの否定である。

あらゆるアプリオリとアポステリオリとの全的否定である。冥闇闇である。

美そのものに対しての悪魔的挑戦である。わたしは私自身の有する律動を破壊して泥土に埋めてしまはうとするのである。

破壊である。否定である。

さらに破壊である。否定である。

なほさらに、このふたつのものの果てしない持続は、青色帯をなして未知へすすみゆくのである。

無韻の雷鳴である。

窓外の私語は、唯美主義の自縛を延長した風葬のさけびである。

虚無の白い脚に飾られるガアタア勲章こそ段階をのぼるSOLLENである。

このnéantの世界にあつて、私はみたされ、ひろげられ、微風のやうな香油に足を没するのである。

言葉の円陣にわたしは空間を虐殺して、遅遅とする。
この表現の飛翔する危機をむすんで、逸し去らうとする魚は影の客である。
かたちももとめず、
かげももとめず、
けはひももとめず、
にほひももとめず、
こゑももとめず、
おもひももとめず、
わたしは、みづからを寸断にきりさいなみ、ふみにじり、やぶりすてて、うららかに消えうせ、
ひとつの草となり、
ひとつの花となり、

ひとつの虫となり、
ひとつの光となり、
ひとつの水となり、
ひとつの土となり、
ひとつの火となり、
ひとつの風となり、
ひとつの石となり、
この必然の、しかも偶然の生長に対して、わたしは新しい生命をむさぼり得つつ流れゆくのである。
蛍のやうにひかる十二頭の蛇の眼がぢれぢれとする。
わたしは、そこにはてしない森林をひろげる怪物料理をゆめみる。
太陽のラムプが足をぶらさげてでてきたのである。
青狐は、はらわたをだしてべろべろとなめる。
あたらしいDIABOLISMEのこころよい花園である。
ブレエクより、ビアヅレエより、モロオより、ロオトレエクより、ドオミエより、べツクリンより、ゴヤより、クリンゲルより、ロツプスより、ホルバインより、ムンクより、カムペンドンクより、怪奇なる幻想のなまなまと血のしたたるクビンである。

鬼火はうづまいて、鴉《からす》は連れ啼き、もろもろの首は、疾風のやうにおよいでゆき、水中に眼をむく角《つの》をもつ魚、死体の髪をねぶる異形なる軟体動物、熱帯林の怪相、蛇とたはむれる微笑の首は睡蓮の咲く池のうへに舞ひ、女体の頭部に鑿《のみ》をうつ化物、寝室の女怪、のつぺりの淫戯、髑髏《どくろ》と接吻する夫人、昆虫と狎れあそぶ巨人、空腹にみづからの腕をかむ乞食、酒のごとく香水を愛する襤褸《ぼろ》の貴族、桃色大理石のやうな肌をもつ片眼の娘、あをい泡を鼻から吹きだす白馬の沈黙、足におほきな梵鐘をひきずる男………

迷路に鳥はわたり、かすかな遠啼きのなかに心は蟬脱する。

光はうちにやぶれ、闇はそとにひらき、ひたすらなる渾沌に沿うて風は木の実をうむのである。

それら怪奇なる肉身の懊悩にぎらぎらと鱗《うろこ》を生やす心霊は、解体して、おぞおぞとし、わたしの足は地をつらぬき、わたしの手は天をつらぬき、わたしの身は空間にみちあふれる。

すべてはうしなはれるのである。

すべてはきえさるのである。

すべては虚無である。

この虚無にうつりすむにあたり、はじめてわたしは生れるもののすがたにうつりゆくのである。ひろがりは、わたしにきたるのである。充たされも、わたしにきたるのである。まことの創造の世界にうつるのである。

なにものかが、わたしの手をひくのである。なにものかが、わたしのなかにあふれるのである。それは不死の死である。不滅の滅である。永遠の瞬間である。

わたしは、白い蛙となつて水辺にうかぶ。

雨はほそくけぶり、
時はながれる。


わたしの足は月かげのたむろである。

わたしの足は青蛇のぬけがらである。

わたしの足は女の唾である。

わたしの足は言葉のほとぼりである。

わたしの足は思ひのたそがれである。

わたしの足は接吻のほそいしのびねである。

わたしの足は相対の河である。

わたしの足はりんご色の肌のいきれである。

わたしの足はみほとけの群像である。

わたしの足は飛ぶ鳥の糞《ふん》である。

わたしの足はものおとのうへをすべる妖言である。

わたしの足は嘴をもつ地獄の狂花である。

わたしの足は陰性のもののすべてである。

わたしの足をおまへの胸にうめて、もだえるくるしみは、つやめく疾患である。


みしらぬ人人のために路をひらく。

それは真珠に飾られたみちである。

夢を食む白い狼は風をきつてそばだち、すみれいろの卵をうみおとすのである。

心はうしなはれ、からだはうしなはれ、思ひはうしなはれ、ひとりたたずむほとりに、動きはつたはりきたるのである。

あだかも花のにほひのやうになかだちを越えて、いそいそとくるのである。

たたずみはたふれる。

すすみもたふれる。

とどまりもたふれる。

まつたき失ひのうちに、おほきなるもののみちあふれてくるのである。

すがたは抽象をないがしろにして、いきいきとあらはれ、とぶがごとく楚楚として現じきたるのである。

やすみなく光をむかへつつ、庭園のなかにほころびかける花である。

たわわにみのる樹はゆれながら歩みをうつして、まどろむのである。

その　さやぐ葉のむらがりのなかにやどるすがたはもとほり、世にあらたなるさびしみを追ひたてるのである。

花びらは顔を照らして、ひそみをあらはにし、たえざる薫風をそよがせるのである。

あをいものは、さそはれることなく、みづからのうごきに生きて、さよさよとそだちゆくのである。

かをりあるそよかぜは、とほくのみちに夢をひらかせ、ただよふ舟のなかに魂の土産をのこし、ひとびとのうしろかげに柑子色《かうじいろ》の言葉をはるばるとかざるのである。

わたしは、ゆれゆれる風のなかに、風のとがりに、ふかぶかとゆめみるのである。

青い吹雪が吹かうとも

おまへのそばに　あをい吹雪が吹かうとも、
おまへの足は　ひかりのやうにきらめく。
わたしの眼にしみいるかげは
二月の風のなかに実をむすび、
生涯のをかの上に　生きながらのこゑをうつす。
そのこゑのさりゆくかたは
そのこゑのさりゆくかたは
ただしろく　祈りのなかにしづむ。

白くあれ

わづらひは　草のごとくしげれども
ただ　しろくあり

とらへがたなく　はびこれり
ひびきを咬《か》みて　あらはるる
その　くろき言の葉は
さまもなく　たたずみをれり

しろくあれかし
なにごとも　かたちなく　かたちなく
しろくあれかし

ゆふぐれ

みぞれするかや
このゆふぐれの日に
こゑもなく
ひとびとの　行き交《か》へり

水に浮く花

みづのなかに　うかべる花
こゑをはなてり

浮べる水草

うかべるみづくさの
ただよふならむか
こころ　おきどころなく
しろき火に追はれ
しろき路にむかへり

わたしの側には

わたしのそばには、
影を蹈《ふ》んだ馬がながれてゐる。
わたしのそばには、
ひびきを化粧する鐘がおよいでゐる。
わたしのそばには、
空をかきけす迷路がたはむれてゐる。
わたしのそばには、
眼をとぢた魚群が火をむさぼつてゐる。
わたしのそばには、
くさむらをどよもす鴉《からす》が羽ばたいてゐる。
わたしのそばには、
白い微笑をふくんだ月がぬれてゐる。
わたしのそばには、
水のうへの青い散り花がうづまいてゐる。

霧にかくされた言葉

この　うまれようとして　さまよつてゐる言葉は
とりちらされた　夜の霧にかくされ、
枝から枝へ　うつりかかり、
みごもつた　はればれしさを　おししづめ、
せまつてくる霧の底に　眼をひらいてゐる。

死

しろきうを
かさなりて　死せり

朝の波

――伊豆山にて――

なにかしら　ぬれてゐるこころで
わたしは　とほい波と波とのなかにさまよひ、
もりあがる　ひかりのはてなさにおぼれてゐる。
まぶしいさざなみの草、
おもひの縁《ふち》に　くづれてくる　ひかりのどよもし、
おほうなばらは　おほどかに
わたしのむねに　ひかりのはねをたたいてゐる。

雪色の薔薇

またしても　五月のゆふぐれにきて　わたしの胸にさくばらのはな、
ひとつの影を　ともなひ、

ひといろの　にほひを　こめて、
さよさよと咲く　ばらのはな。

ゆふぐれの　あをいしづけさのなかに咲く
しろい　雪色《ゆきいろ》のばらのはな、
こころのなかに　咲きいでる
さざめ雪色のばらのはな。

あはれな　あはれな　雪色のばらのはな、
ことばをなくした　こゑをなくした
ちらちらする　おもひにふける　ばらのはな。
ひとりの　ひとりの　ばらのはな、
眼をとぢた　雪色の　あをあをとするばらのはな。

みづのほとりの姿

すがたは　みづのほとりに　うかぶけれど、
それは　とらへがたない
とほのいてゆく　ひとときの影にすぎない。

わたしの手の　ほそぼそと　のびてゆくところに
すがたは　ゆらゆらとただよふけれど、
それは　みづのなかにおちた　鳥のこゑにすぎない。

とほざかる　このはてしない心のなかに
なほ　やはやはとして　たたずみ、
夜《よ》も昼も　ながれる霧のやうにかすみながら、
もとめてゆく　もとめてゆく
みづのほとりの　ゆらめくすがたを。

そよぐ幻影

あなたは　ひかりのなかに　さうらうとしてよろめく花、
あなたは　はてしなくくもりゆく　こゑのなかの　ひとつの魚《うを》、
こころを　したたらし、
ことばを　おぼろに　けはひして、
あをく　かろがろと　ゆめをかさねる。
あなたは　みづのうへに　うかび　ながれつつ
ゆふぐれの　とほいしづけさをよぶ。
あなたは　すがたのない　うみのともしび、
あなたは　たえまなく　うまれでる　生涯の花しべ、
あなたは　みえ、
あなたは　かくれ、
あなたは　よろよろとして　わたしの心のなかに　咲きにほふ。
みづいろの　あをいまぼろしの　あゆみくるとき、

わたしは　そこともなく　ただよひ、
ふかぶかとして　ゆめにおぼれる。

ふりしきる　さざめゆきのやうに
わたしのこころは　ながれ　ながれて、
ほのぼのと　死のくちびるのうへに　たはむれる。

あなたは　みちもなくゆきかふ　むらむらとしたかげ、
かげは　にほやかに　もつれ、
かげは　やさしく　ふきみだれる。

〔訳詩〕

湿気ある月

アンリ・バタイユ

洗濯場の灰色の玻璃窓から、
そこに、秋の夜の傾くのを見た。
誰かしら、雨水の溜つた溝に沿うて歩いて行く、
旅人よ、昔の旅人よ、
羊飼が山から降りる時に
お前の行くところに、急げよ。
お前の行くところに竈《かまど》の火は消えてゐる。
お前のたどりつく国には門が閉ざされてゐる。
広い路は空しく、馬ごやしの響は恐ろしいやうに遠くの方から鳴つて来る。急い

で行けよ。
古びた馬車の燈火《ともしび》が瞬いてる、
これが秋だらう。

秋はしつかりとして、ひややかに眠つてる、
厨房《くりや》の底の藁の椅子の上に、
秋は葡萄の蔓の枯れた中に歌つてる。
此時に見出されない屍、
青白い溺死者は波間に漂ひながら夢みてる。
起つて来る冷たさを先づ覚えて、
深い深い甕のなかに隠れようと沈んでゐる。

カール・ブッセ

秋のはじめ

いま秋が来た、空は不思議に青白くなり、

赤くなつた林檎の落ちるに風はいらない、
鸛《こふのとり》はもうずつと前に此の黄色くなりかかつた土地を去つた。
夜はだんだん冷たくなり、万聖節も間近になつた。
木の葉はやがてこぼれ落ちるだらう、で今心は心を見出す。
いとしいものよ、お前と私とが別れる折ではないか？

リヒャルト・デーメル

お前はまだ知つてゐるか

まだお前は知つてゐるか、
ひるの数多い接吻のあとで
わたしが五月の夕暮のなかに寝てゐた時に
わたしの上にふるへてゐた水仙が
どんなに青く、どんなに白く、
お前のまへのお前の足にさわさわとさはつたのを。

六月真中の藍色の夜のなかに、
わたし達が荒い抱擁につかれて
お前の乱れた髪が二人のまはりに絡《から》んだとき、
どんなにやはらかくむされるやうに
水仙の香が呼吸《いき》をしてゐたかを
お前はまだ知つてゐるか。

またお前の足にひらめいてゐる、
銀のやうなたそがれが輝くとき、
藍色の夜がきらめくとき、
水仙の香は流れてゐる。
まだお前は知つてゐるか。
どんなに暖かつたか、どんなに白かつたか。

ライナー・マリア・リルケ

見事な菊

あの日に、菊はどんなにうつくしかつたか。
わたしは、もう、その輝くばかりの白さにふるへた………
それから、お前はわたしの心を奪《うば》はうとして来た
真夜なかに………

わたしは恐れを持つてゐた、そしてお前は、あやふくつつしみ深く来た、
丁度、ある夢がわたしの前にお前をぱつとあらはした時、
お前は来たのだ――フエアリーの脣からでる歌のやうに
夜のなかに鳴り出でた………。

ローラ・ベネット

若い女のやうな春

おほきく眼をひらいた街のかなたに

子を産んだ若い女のやうな春が
ためらひがちな足どりでやつてきた。
鋼《はがね》のやうな冷たい霙《みぞれ》がふり、
さけたみどりの茎のやうに吹きあれた凪も
もはや　たえだえになり、
その眼のかげにかくれてゐる
ヒヤシンス色の夜のとばりも
菫《すみれ》と薔薇とのおぼろのなかに消えうせる。

シャルル・ボードレール

亡　霊

茶褐色の眼を持つた天使のやうに
わたしはお前の寝部屋のなかに帰つてゆかう、
そしてお前の方へ音もなく、　夜の影と共にすべつてゆかう。

わたしはお前に与へよう、暗い女よ、
月のやうに冷たいべーゼを。
又、穴のまはりに這《は》つてゐる
蛇の慈愛を。

鉛色の朝が来るとき
お前はわたしの空しい場所を見出すだらう、
それで夕方までに凍つてしまふだらう。

ほかの人が親切をするやうに
お前の命の上に、お前の若さの上に、
わたしは、恐怖をもつて支配しよう。

ふくろふ

かれらをまもる、くろいいちゐの樹のしたに、
ふくろふたちはならんでとまつてゐる、

見しらない神さまのやうに、赤い眼をはなちながら。
かれらは沈思してゐる。

そのままうごかないでとまつてゐるだらう、
ななめになつた太陽をおひやりつつ、
暗黒があたりをこめてくる
いうつなときまでも。

彼等の容子《やうす》はかしこき人に
この世のなかでは騒擾《さうぜう》と動揺とを
恐れなければならぬことを示してゐる。

「すぎてゆく影に」ゐうた人は
場所をかへようと欲したので
つねに懲罰《こらしめ》をうけてゐる。

信天翁

乗組の人人は、ときどきの慰みに、
海のおほきな鳥である信天翁《あはうどり》をとりこにする、
その鳥は、航海の怠惰な友として、
さびしい深みの上をすべる船について来る。

板のうへに彼等がそれを置くやいなや
この扱ひにくい、内気な青空の主《ぬし》は、
櫂のやうに、その白い大きな羽をすぼめて、
あはれげにしなだれる。

この翼ある旅人は、なんと固くるしく、弱いのだらう！
彼は、をかしく醜いけれど、なほうつくしいのだ！
ある者は、短い瀬戸煙管《きせる》で其嘴をからかひ、
他の者は、びつこをひきながら、とぶこの廃疾者《かたはもの》の身ぶりをまねる！

詩人は、嵐と交り、射手をあざける
雲の皇子《プランス》によく似てゐるが、
下界に追はれ、喚声を浴びては
大きな彼の翼は邪魔になるばかりだ。

音　楽

音楽は　をりをりに　海のやうに私をうばふ！
あをじろい　わたしの星にむかつて、
はてしない霧のふかみに　また　ひろびろとした空のなかに
わたしは帆をあげてゆく。

帆布《ほぬの》のやうに
胸をはり　肺に息をすひこんで、
夜の闇におほはれはてた
たかまれる波の背に　わたしはよぢのぼる。

なやめる船の
そのさまざまの苦しみに　わたしは身ぶるひをする。
おひての風も　暴風も　その動乱も
底しれぬ淵のうへに
わたしを　ゆりゆり眠らせる。——また或時は　なぎやはらいで、
わたしの絶望の大きな鏡！

日　記より（大正九年）

十月四日　月〔天候〕はれ夜に雨　七十六度

朝秀英舎へまはつていつた。また四時頃店を出て、校正に秀英舎へよりて帰宅した。

Cは、背はちひさいが、やはり可愛いところがある。朝、銀座をぶらついたら、美しい芸者があるいてゆく。一方は背高く、少しわに足、一方は低く、すこしふとつてゐる。ちやうど西川のところから日本橋へゆかうとしてゐる辺で、大きい方が小さい方の肩に手をかけてふざけてゐた。この頃の女は、季節のせゐか、美しく見える。金があつたら、芸者がひもやつてみたい。神楽坂にもよい芸者がゐる。

「女の足の果物」といふ一篇をつくる。

入浴、

十月五日　火〔天候〕はれ　shower またはれ

すこしおそく店へいつた。

二時すこし前逸見氏と出かけた。日本橋で別れて、東京商業会議所にある南洋協会のちんれつをみた。三こしで待合はす筈故、三時頃三こしの休憩室にゆき、しばらく休み、ゐない故、出て四五度のぞいたがゐない故、四時すこし前出て一人で帰つた。美しい女のむれ。三越は色彩の国である。あの色をみてゐるだけでも、私は楽しい気分になる。

平野さん子供を亡くしたといふ。気の毒な事。（一昨日の事。）

日曜学校の会場今日の午後やけた。朝せん人が火をつけたらしいとの事。

女の肌にまつはる香気。

下宿で誰か女のこゑでどなつてゐる。私は亡くなつた祖母の事を思ひだした。それから和哥雄さんのおばあさんの事を思ひだした。

「心臓の青色仮面」といふ詩一つ作る。

タオル三枚（二円十銭）三つこし。洗面用のもの、ガス製。

〔受信〕「詩篇」十月号来る。

朝ヒゲソリ。入浴。テンプラ
十月七日　木〔天候〕雨、さむし　六十四度（午後六時二十分）

帰途電車のなか（万世から飯田橋迄）で、美しい娘をみた。二十一才位か。あの娘なら貰つてもいいと思つた。おつとりとしていくらか無口さうであつた。鼻といひ、頬といひ、口といひ、眉といひ、眼といひ、何一つ申分のない。それでゐて、背も可なり高い。ふたへ瞼の美しい娘。肉付のよいからだ。第一しとやかな、その態度が、私をひきつけた。如何にも彫刻的な、立体的な感じのする顔だ。十位の妹をつれてゐた。妹はビロードの帽子をかぶつてゐた。飯田橋でのりかへるとき、妹は「お姉さん」と小さいこゑでいつた。そのこゑの調子といひ、それに対する姉の態度が私はうれしかつた。あの意志のしつかりした顔、而も、うるほひと涙とを持つた顔。物を正しく見る眼。横顔といひ、正面といひ、申分がない。髪もたつぷりとあつた。見れば見るほどしつかりとした彫刻的な顔であつた。難をいへば、顔の肌がすこしあらいかと思はれたが、そんな事は問題ではなかつた。第一私は、その姿に於て、品《ヒン》のあるのを見てとつた。鼻の下のみぞも深かつた。ああ、忘れられない顔。

昨日忘れていつた含嗽水をワカヲさん、私のるすにとりにきた。

ふとつた女の乳と胸と腰と臀部とがねばねばと私をそそのかした。むつくりとした乳。

入浴。

十月十日　日〔天候〕はれ

十二時半までねばうした。

江戸川のカフエ・パウリスタで、トーストとコーヒーと、レモンパイとハヤシライスとで昼をすまし（午後二時頃）た。金五十銭也。それから、江戸川の終点の方へあるいていつたが、ふと江戸川べりに出たところが、江戸川公園ならんか、よい景色のところがあつたから、そこへゆき、ブラブラしたが、大便が出たくなつたので、大急ぎで、大学の便所へいつた。それからぐるぐるまごついて、やつと日本美術学校の展らん会をみた。よいものはひとつもない。水平線以下だ。

羽衣館へ夜いつた。処女のかたい肉。

パッシヨンになやまされるが、しかし私は之をおさへつけて、芸術に精進しなければならぬ。三十才からこつち、何もしてゐないではないか。詩もすこしも進歩してゐない。

芸術の事は私の念頭を去つた事はない。作家としての生活が私の理想なのだ。

江戸川公園は女と二人でくるのによい所だなと思つた。

一度男を知つた女は、その肉体が、さはると媚をもつてうごく。処女の肉体はちがふ。ふるへる。

白い、みづつぽい、きれいな指のまぼろしがういてくる。

十月十一日　月〔天候〕はれ、夕方小雨あり。

朝、秀英舎へよつてゆく。

孤独の寂しさをつくづく感じた。

意匠の選定について幹部の無能をけなしあつた。

国の墓場の祖母の位碑《ママ》が風に倒れてはゐないだらうかなどと思つた。おばあさんの墓石の上の位碑《ママ》をこないだは、きい子と二人でなほしたのだが。

電車のなかで、中年層の肥つた女、私の左の膝が彼女の前のところにあたつてゐた。彼女の手が私の袖のところにさはつてゐた。コツコツとかろくうつやうに感じた。四十ぐらゐの、十人並の女であつた。真赤な襦袢のえりが、脂あかでよごれてゐるのも、一層女の頸のきめを細かくみせる。

下宿のかみさんの顔が、おしろいでやけてゐるのがめについた。

店へ入つてから今まで、自分の勉強はすこしも出来なかつた。仕事の修得にのみ心を使はれてゐた。然し、もう、大丈夫だ。いくらか、自分の勉強も出来るやうになつた。これからは、自分の勉強に大努力をつくさなければならぬ。

入浴。マメ。

十月十三日　水〔天候〕雨のちはれ　午後六時半七十度、今夜大変あたたかし。

朝、秀英舎へよつてゆく。日記のフロクの順序などそろへた。

夕方帰宅の途次、小間物屋の所までくると、Chiyoがたつてゐた。りんかくが非常にうつくしくみえた。姿も常よりは美しくみえた。黒繻子のかかつた袷をきてゐた。『一寸およりなさい』といつてもどうしてもよらない。おそくなるといけないからといひ、又牛じまさんにみつかるといけないからなどといつた。仕方なしに、私はあいて、いなりさんのとこから白銀町のくらい路次へ入り、ぐるぐるあるき、公衆食堂の前を通り、たんす町の停留場のところまでゆき別れた。今度あつたら、舌のぬけるほどキスしますよ。といつてやつた。あれで顔にそばかすや吹出がなければよいのだが。兎に角、眼もよいし、顔立もよいが、惜しいかな、吹出などがあるので、磨いたらよい女になつたのだが。

「こないだ二度もお伺ひしたんですけれど、いつもお留守なのよ」とつぶやいた。可なりにこえふとつてゐる肉体からは、おそふやうに私にのしかかる。手を握つてやつたら、向うから握りかへして中中はなさないのだ。人目があるので、私はふりきつた。女はわりあひに大たんなものだ。性欲のもつとも爛熟してゐる時代かもしれぬ。はたらくので、手がかたいので、何だか趣がなかつた。「ねえ、一ばん二人きりでちつともはなれないでねたいいねえ」といへば「はかないゆめよ」といつた。

ぢつと鏡をみると、私の顔の頬部がくぼんでゐる。悲しいやうな、はかない心持になつた。青春を徒費した悲しみ。私が廿二才の時本郷の七宝泉といふ湯屋へ兄と二人で入つた事がある。あの時私は、浴槽につかりながら、向うの大鏡へ自分の姿をうつしてみて、その美しいのにみとれてゐた事があつた。あの頃に今の心があつたなら。入沢博士へいつて診察してもらひ、くすりを本郷の薬屋へたのんだ時、美しい娘がゐたのをまだおぼえてゐる。あの頃に今の大たんさがあつたなら。ほんとにあの時分は子供だつた。

あたまへ櫛をとほして、着物をきてゐると、女湯の脱衣場に、むつちりとふとつた白い女のからだのうしろむきなのが見えた。ふとい腰といくらかちひさい、けれどきゆつと、ひきしまつた臀部の肉が白くひかる。しばらくすると、子供でもみるのか、前向きになつたのがみえた。はりだした乳房と腹。両もものあでやかな何ともたとへやうもない、ふくらみとふくらみとのあひだの美しい渓間には、すこしほんのりくろく前のものがひかつてゐた。顔も美しい年増（三十せいぜい）の女だ。一緒に出てみやうと思つて、はかつて出たら、出入口で顔をあはせた。ほう、きれいな女だ。白粉をつけていまにもこぼれさうな肉体の香をあふれさしてゐる。私はあとからチユチユとないてやつたが、ふりかへらなかつた。帰り途が同じだつた。あのすしやの（牛込館の三げん下の）女房のやうだ。のれんをくぐると、すぐに、棚にあつた小楊枝をとつてつかつてゐるやうだつた。

神楽坂の夜の街を通ると美しい女をみる。そしてなやましさをかもされて帰宅する。今夜下宿のかみさん、べつとりとおしろいをつけてゐる。

テンプラ一

十月十五日　金〔天候〕はれ。午後六時半六十八度
朝秀英舎へまはる。電車のなかで、藤森成吉の「燈」太陽所載をよむ。己にもかけるだらうこのくらゐは、と思つた。退屈して、川ぷちに出ると、三人づれの芸者――向嶋のらしい――が黒ちりめんの紋付を揃ひにきて、しやらしやらとあるいていつた。右のが中背、中が一番高く、左がひくかつた。私は顔をのぞかなかつたが、うしろ姿で、やせた、ディケーした女だといふ事が感じられた。電車で、ふとつた女が私の右に腰をかけた。着物もめいせんでみぐるしくはなかつた。顔も並だつた。ほこりくさい白粉の香が私の鼻をうつた。手を見ると（左手）、その拇指の爪が指先から三分ばかりのびて、反り曲つてゐた。そして指もいぢめられたやうな指だつた。私に感ずる肉体も極めてかたかつた。どこかの工女ではないかと思つた。
老人がのつた。私の目の先に手がある。その指は割合にほそく長く、手のひらもちひさかつた。けれど、手首のところからぐつと太くたくましく、いかめしく、ごはご

はしてゐた。その手をみてゐたら、ふと線香のにほひがしてきた。

をととひたのまれてゐたが、今日Cさんに「婦女世界」をかしてやつた。

すこしおくれたので、ひるめしを私は東側のいつも、佐藤徳のところへこしかけて、食べてゐたら、Cさんがきて、私の右側にきて食べた。勿論他の方はすいてゐなかつたのだ。小僧連中のたべる場所は皆ふさがり、私のゐた向ふ側には郷古がゐたので、その上席（右側）にゆくのもまづかつたせゐだらう。あれで、ソバカスがなければ、なかなかよい女なのだが。をしいものだ。Aは濃い栗色に赤いしまのあらくあるコートをきてあるいていつた。新お召かもしれない。

和哥雄さんどうしたのかとふしんが持たれる。しばらくこないから。
○今夜座布団が出来て来た。きれは和哥雄さんにもらつたもの。こなひだ洗濯屋にたのんで、どこかでぬつてもらつたのだ。上綿が六百目はひつたといふ事。四円払ふ。
湯屋で、子供の着物をきせたりなど世話する廿二三の女（いつもの女だ）が、六つぐらゐの男の子に着物をきせてゐると、そのそばに十ぐらゐの女の子の姉らしいのがゐた。男の子はしきりに、ふざけて着物をきなかつたが、姉が何かいつてゐた。すると、男の子は、はだかでゐた姉をみて、『チヨコ豆、やあいチヨコ豆。』と姉に向つていつた。「いやだよ。……ちやん。」と姉は男の子のせなかをぴちやりとうつた。その時は、まだ姉娘もきものをすつかりきてしまはないで、やつといまこしまきをしたばかりのところだつた。湯屋の女も『チヨコ豆、チヨコ豆』といつてをかしがつてゐた。今日は松たけめしだつたので、小僧さん達は鼻をもぐもぐさせて腹いつぱいたべた。五杯も六杯も。

　オカメ一。

十月十六日　土〔天候〕晴　六十五度（午後七時）

　今朝は割合に早くついた。朝から、歯磨の袋の裏に入れる文句をかいた。夕方までに兎に角出来上つた。よいものだが長いから、採用されるかどうか分らない。どうしたのか今日はいくども小便にいつた。神経が昂つたのかしら。こないだの菊はまだ元気がよい。ハマヲさんの買つてきたアキランサスも元気がよい。植物をながめながら仕事をすると非常に気持がよい。いつもさわやか気が流れるやうだ。

　頸から頰にかけてむつくりとふとつた三十女。背《せ》すぢのところの肌もあぶらぎつてゐて、なまめかしくにほふ。手なども赤味がかつてゐたが、それでも女らしいやはらかさと媚とをただよはしてゐた。

　Cさんが矢嶋と二人でこちらへきた。万世を通りこして神田の方へのつていつた。出口にゐたので、私は「どこへいくの」といつて顔をそつとのぞいた。お互に笑顔を交した。Cさんの手は、いくらか骨ばつてゐた。仕事のせゐもあらうが、ひとつは肉体の特質にもよるのだらう。どことなく、男性的ながつしりした所が見える事もある。然しかほ立はあくまでかはいい。Cさんはどこへいつたのかしらないが、もし都合出来たら私の所へよつてくれればよいなどと空想してゐる。ばかな男だ。

○今夜は足の爪先がひえびえとする。

帰りに雨にふられてぐつしよりぬれた。幸にセルの羽織とセル着物だつたから、あとがよい。すぐかわくから。雨にふられながら、とぼとぼあるいてきたら、左側の酒屋（つくり酒屋）のまへに、そこの娘が白いかほを出してゐた。

羽衣館へいつた。もちろん、活動があてではない。美しい女を見るためであつた。否女の触感を味ふためであつた。私は初めは、一番後ろの席にゐたが、前の方の左側の席に年増らしいのがゐたから、そこへ腰をかけた。しばらくしてから、ちよつと偸看すると、意外にも、非常にととのつた輪廓を持つた奥さんらしい人であつた。一体に身体つきはほそぼそとしてゐたが、その横顔の美しさは何ともいへない、おちついた、平和な愛情をかもしてゐた。その手なども、すこしく色が黒いやうにみえたほどで、やはり痩せてゐた。くらゐなかからでも、その動脈がうかがはれるくらゐであつたから。足はといへば、これも足袋をはいてゐないが、そのさきの方が三分の一ばかり着物の裾からあらはれてゐた。ほつそりとして、まるで観音様の像にある足のやうに、指先がすらりと揃つてととのつてゐた。いかにも、貞節らしい婦人であつた。たつた一人で来てゐるのが不思ギに思はれるほどであつた。
○昨夜ヨーカン一サヲと一緒に水をのんだので腹をひやしたか、夜中に二三度小便に起きた。
〔受信〕喜ちやんよりはがきがくる。店へ。
マメ。

十月十七日　日〔天候〕小雨　六十二度
午前十一時頃までねた。昨夜祖母のゆめをみた。どこかお山まゐりにゆく途中で、祖母と二人で電車のなかにのつてゐるところであつた。その中に二人でならんですわつてゐたが、いつの間にか私は祖母をわすれて逸見君と二人であるいてゐた。之は芸術と二人といふ意味になるだらう。やがて私は気がついて祖母を探しまはつたが、どうしても見当らない。半覚半睡のうちにも尚祖母を探してゐた。私は自分の過去をみせられたやうな気がした。いつもさうであるが祖母の事を思ふと、私は此世の中に愛の存在を確実に握りしめる事が出来る。祖母が亡くなつた時、その頭に私のひたひをあてて、嘆いた事や、亡骸のわきに幾晩もねた事や、祖母が死ぬ時まで否死んだ時してゐた枕を私はとつて自分にした事や、祖母の首をかかへてゐると、固くなつた祖母のからだがふとんからころげおちさうになつた事やいろいろと思ひ出された。

午後一時から二時半頃まで座ぶとんをしいてうたゝねをしたら、ゆめをみた。あるあつい薬湯《くすり》にひたつたら、向うのすみに女がゐた。むすめらしい。女は一度上つたがまたやつてきた。私の足と女のからだとさはつた。わたしは足をのべて女のからだをはさんだ。女はこちらをむいてわらつた。

立ぱな小説が出来るやうな自信のわくのをおぼえた。(午後十時)。白樺十月号ミレーの手紙をよみながら。

詩『あかるい闇』を一篇つくつた。

〔発信〕金子様　H・T　喜一様

入浴　せん一、さしみ一、卵一

十月十九日　火〔天候〕はれ、午後十一時六十三度

和哥雄さんと二人で神田へまはつた。和哥雄さんは、まき原の子にたのまれたといつて、九条武子の「銀鈴」ともう一冊の歌集を買つた。二人で電車にのり両国で別れた。私は店へ、和哥雄さんは京橋の友達の家へ、今日から休みで旅行へゆく打合せに。近い内に親類同志の若いもので、「蒼穹」といふトーシヤ版の本を出すから、何かかいてくれとの話だつた。

午後三時頃逸見、ハマヲ三人で、星製薬会社の三階に、ロシア未来派画家の展覧を

みた。たいしたものではない。意気は愛すべし。その稚気と大たんと破かい的精神とを同感した。それから丸善へより意匠科の雑誌をあつらへた（来年度の）。私はAnthologie des Ballades Français を買つた。（一円八十銭）。日本橋でハマヲさんと別れ、へんみさんと二人で外ぼり線へのり、神田ばしで又別れた。私は牛込見附でおりて、盛文堂へ入り、女学世界でもみやうとして、洋傘を忘れたのに気がついた。丸善へかけてみたが、かかりがちがふから、あしたにしてくれとの事。私がこんなものを忘れたのは、全くめづらしい。すぐかはりを買ふのに、金が入るので、物質上には困るのだが、私は、自分ながら、こんなのんきな心持になつてゐたのかと、ほほゑまれた。そして、ある物質的不安があるに拘らず、楽天的なよろこびが、道化もののやうに腹のなかでをどつてゐる。あたまでは、心配してゐるのだが、ほんとに妙な心持だ。今日星へゆくとき、うまや橋の上で、ハマヲさんが「今日は傘をどこかへ忘れてきた」といつたのが、私の洋傘を忘れる暗示となつてはたらく原因となつたかと思ふと面白い。電気局へ電話をかけてきかうかと思つたがおくくうなのでやめた。洋傘を一本買つた。柄をなほすのであしたとつてくるのだ。

　十ぐらゐの女の子が湯に入つ《ママ》。もう十ぐらゐでも女らしく肩の肉などは男の子よりはやはらかく脂肪をふくんでゐる。顔はさまでよくはなかつたが、それでも、もう媚がその姿態に芽をふいてゐた。両手を湯の中に入れて、下から湯をもちあげて、もくもくと湯の渦を水面にあがらせたりなどしてゐた。水ぶねのところで、背のびしながら鏡にうつしたり、水をくんだりしてゐたとき、臀部の肉のうごきが目にはひつた。まだかたい沈黙の窓であつた。

女湯脱衣場で、稍ふとつた女が横向きに腹とお尻の横とをみせて着物をきやうとしてゐた。赤いこしまきがまとはれた。そのしゆん間だけは女らしい気はひがしたが、顔をみたら、いやになつた。

出てくるとき、げいしやに会つた。面長のよいきりやうだつた。すらりとした背で、顔肌のきめもこまかく、うつくしかつた。ただあるくのに、内輪にしてゐたが、どことなく、前を気づかつてゐるやうだつた。病気なのではないかしら。しかし、実さいいい女だつた。

四五日この方夜になると、よくちひさな変な虫がとんでくる。虫といふよりは、煤《すす》といひたいくらゐな微かなものである。灰色の糸屑のやうな虫である。ふくとすがとぶやうに本の上や、机のうへや、ガラスの面へくつつく。私は煤かと思つてると、動くので虫だといふ事が分るほどである。これでも生きものかと思ふと、不思議な感じがされる。紙でちよつとおして殺してしまふ。之でも苦痛があるのかしら。これにも神の意志があらはれてゐるものかしら。

七時ごろ土佐林が松原とかホケン会社の人をつれてきた。ホケンへどうかといふから、入つてもとる奴がゐないといつたら、早くとる人をこしらへたらどうですなどといつた。相変らずらしい。

小関は四人の子持になつたと。富永も一ケ月程前子が出来たさうだ。

ゼン一、マメ、ナラヅケ、菓子。

十月二十七日　水〔天候〕雨・くもり・雨・くもり　午前零時六十度さむし、寒暖計は之だがどうもさむい。

今日はセイシヨの講ギがあつた。ツガさんが来た。忠臣蔵に現はれたる倫理思想を非難し、『情実は人を殺す』といひ、情実に捉はれずに、正道公道をゆくのがよいと。また言質によつて、己の行動を束縛されるのはよくないと。よろしく、マタイ伝十三章五十三あたりから、十四章のしまひまで説明す。何しろ、もうすこし徹底させて、説明する要がある。今にしての非なんと当時に於ける忠君の思想とを比較しなければならぬ。ギセイの美も認めなければならぬ。

まだ、あたまぼんやりしてゐる。

九時半頃まで碁をうつた。ヤナセと二番うちて僕マケ（七目オカセテ。）田中と二番ウチ（五目オカセテ）はじめ私かち、あとまけ。

下駄屋へ払ふ（一円十五銭）。

詩「ひろがる玩具」をつくつた。

Cもまた可愛し。

Aの赤えりが、ほそく見え、特にかはゆらしくみえる。

朝ヒゲあたる。

十月二十八日　木〔天候〕はれ　午後六時半　六十七度　ばかにあつたかい。

今朝は八時半頃いつた。広告原稿を六枚かいた。（一月分の）

ジヤコブ・エプスタインの続稿をすこし訳す。

詩「ワツフルのあくび」を作る。

柿の実を逸見、ハマヲ二人で写生したから、私は文句で感覚写生をした。

大しまの着物はやはらかで、しなやかで、しつとりとして着心持がよい。之で丈夫なら申分ないのだ。

隅田川（店のすぐ前）で沈没物をあげるのに、潜水夫を使つてゐた。とほくでよくわからないが、ぶくぶくの防水布らしいものを上と下につけ、手にはくろいゴムのやうなものをつけ、くびの周囲に大きく輪をかいて、赤いゴムの帯らしいものがあつた。之に頭からかぶる物をぴつたり附けるのだらう。潜水夫は慣れたもので、平気で、二人の男に着物をつけさせてゐた。舟べり腰をおろして、巻タバコをふかしてゐた。

小林新次君が店にきてゐた。ミルトンの論文なんかかいて持つてゐた。ミルトンのコーマスをよんで、仮面劇の事なんか調べたらしい。

電車の中でひとりの小僧がゐた。その左眼はつぶれて、白つぽい所にくろいものがくつついてゐて、ぐにやぐにやとし、まるで牡蠣のやうであつた。

となりの十九番室に女がきてゐる。声だけがきこえる。意味はわからぬが、なまめいた笑ひごゑがきこえる。なまめかしさと錆とを引いてまざりあつた調子である。つまつつましく、しかも極めて技巧をこらした笑ひごゑである。あまい女らしいふつくらとした声音《こはね》のなかに、こまかい錆のこなをふりこぼして、そのこゑに一層の渋味と深みと陰影とを与へた。さうして、そのあまい中に投げこまれた渋味が一種のねばり気をおびて、耳の底に快いむづがゆさをかもす。それに伴つて、豊麗な肉体と、さかしい眼と、誘惑に満ちた脣とを想像させる。初め、「ほほ」とあまつたるい女特有のこゑが出るかと思ふと、すぐにあとから、さびのある調子がつづいてきて、その単調の色をぬり消してしまふ。

ポール・フオルの詩 La Ronde を一篇訳す。

十一月五日　金〔天候〕はれ　午後八時　六十六度

十五分ばかりすぎていつた。今日はムシ歯デーなので、店でも参加した。のりては社長、神谷、中尾の三人だつた。それに歯医者が一人のるのだらう。お茶水の児童衛生展覧会の前でせいぞろいして、それからめいめい各方面へ出かけたのださうだ。自働車には、ムシバデーとした旗を両側に高くつるした。前後左右も色紙でかざつた。

Cが二階へきた時は、例の通り、佐藤、相川、飯田などがひやかしたりからかつたりした。Cが眼をはたらかして、につとにらんだら、その眼の可愛いこと。相川が「中条さんににらまれると、たまらないなア」といつたが、なるほど、あの眼は特別に愛らしい眼だ。あの眼でにらまれると、ぶるぶるとふるへさうだ。

帰途、電車のなかで、万気象さんにあつた。黄色いレーンコートをきてゐた。私は三田文学をよんでゐたが、ふと顔をあげるとゐたのだつた。「お変りはありませんか」といつたきり、何か話さうと思つたが、話題がなかつたので話さなかつた。

今夜思ひがけなくさだ子が来た。Hさんといふから誰かと思つたのであつたが、下へ行かうとしたら、すぐ上つてきて、障子のところであつた。入つて、あいさつをかはすと、すぐに私のからだにとびついてふるへるやうにしてゐた。私の心は余程彼女に対してさめてゐたので、格別の感じもしなかつた。何だか多少の技巧があるやうに思はれたから。

私の左の耳のところで、ぴちやぴちやいつたが、何だかよくわからなかつた。土産に菓子やりんごや玉子をもつてきてくれた。私は好意をありがたく感じたので、卵はいただいてうけた。彼女はわらつた。キスもしなかつた。きれいに別れた。あぶない所までいつたが、思ひとどまつてやめた。十分なびく様子があつたが、やめた。私はあやふく陥穽にはひらうとしたが、到頭のがれた。「あなたと一緒になりたかつたわ」といつたのも、さして真実らしくは受けとれなかつた。たしかに娼性の女らしい。三日ばかりねてゐて、今日起きたばかりだといつて、髪はくしまきにしてゐた。肉体も以前からみると、大へんたるんでゐた。指には夫にかつてもらつたのだといつて、金の指わをはめてゐた。私の指にはめたが、私には小指でなければはまらなかつた。濃い紫のちりめんの羽織をしてゐた。私が、かなりしつつこくしたが、快くうけ入れてゐた。もつてきた、りんごを一つ私は自分でむいてたべた。彼女は私の出した葡萄酒を一つのんだ。「赤くなりますよ」といつたら、「帰るまでにはさめるでせう」といつた。凡ての態度が、非常に大人ぶつてきてゐる。加賀町の姉のところにゐるといふ故、私は送つていつてやつた。私はよく場所を知らなかつたので、一度人にきいた。彼女はくる時は、柳町から電車にのつたのだといつた。それと私が、いいかげんにあるいて送つていつて□□□□□□□それも途中で帰れといくどもいふから、やむなく帰つたのだ。あとで、分つたかしら。十時すぎに下宿を出たのだから、帰宅したのは、十一時近くなつたらうと心配でならない。

あとで思つたのだが、彼女は梅毒にでも感染させられたのではないかなどと思つた。

どうしても、娘のときとは、いろいろな事がちがつてゐた。「およめにいつてから、づうづうしくなりましたね」といつたら笑つてゐた。私が、しきりにしふねくした時、『かんけいなさるんですか？　関係するつもりなんですか？』と妙に改つたやうにいふので、私は内心妙な、物にへだてられるやうな、同時に意味のない不安がさッと影を映じた。けれどなほも私はたえまない衝動にかられて、肉体をすりつけたら、彼女は、『私も、もう娘ぢやないし、人と関係した事があるんですから。関係しませう』といつて、私のからだをひきよせた。私はそのへんに理知的な、男ずれしたやうな物ごしが、私のなつかしさをうすくした。私はそのまま、なほもすりよせたが、突然身をひいた。それは私の良心と、もう一つは私の肉体のよわさと両方が一緒になつたのであつた。彼女の物足りなさの様子が、私を女の動物性をありありとみせつけられて、不安や動揺の心持のなかにをりながら、私は彼女の不足らしい肉体の焦燥をみると、快い皮肉のむづかゆさを覚えた。だらりとした膝。なほも私にすりようとする彼女の肉体。私はかかる際にも、心持をとりみださない、おちついたとりなしが、私をして一層彼女の濁つた姿を示してくれた。私は彼女の耳にささやいた、『私はもう之でやめます。ああしていただけばあなたのお心はよくわかりましたから、私は之で満足です。』けれど彼女は、せつかくの情熱のやりばにこまつたやうに、かるい身もだえをしてゐるやうだつた。ほんのちよつとの間、くづれてゐた膝が、さつきとはちがつた、すこぶる淫欲的な香をふりこぼしてゐた。

彼女を送つてゆきながら、途中で『こないだあんな立派な言葉をいつておきながら、そのことばのまだかわかないうちに、あんな事は出来ませんからね』「ほんとに拓次さんは気がちひさいですわね。針のめどのやうに小さいんですね。」

下宿にゐる間、私が病気したら夫の了解をえて看病にきてくれるといふやうな事まていつたが、その心持だけはほんとうらしかつた。但し、此事は、縁家の両親や小じうとの多い家にゐる彼女には到底実行は出来ないのだ。と腹の中で私は考へてゐた。

帰る時も「送つていつて下すつて」「ええ」と話した。彼女の私に対する心は、よい。真実がある。その真実が私の好まない媚態の粗布（あらぬの）を滲透して私の心にしみる。けれど、彼女の過去の虚偽や態度やの習慣性がところきらはずにあらはれてくるので、誤解され易くなるのだ。それに、もう一つは、教養のない女の事とて、つつしみの美と『つつしみの誘惑』との秘術を覚る事が出来なかつたのだ。時によつては、しなだれる誘惑よりも、つつしみの誘惑の方がはるかに力のあるものだといふ事を知らなかつたのだ。象のやうな眼、ちひさい□□□□□□□□□彼女の態度と心との間に何かの不調和があるやうに思はれてゐた。彼女に対してゐると、頭のなか□□□□□□などをいふやうだ。

八時から十時ごろまでゐた。

入浴、マメ。朝ヒゲソル。

十一月六日　土〔天候〕はれ　七日　午前一時五十四度さむい

昨夜は入浴から帰つたのが十一時。それから日記をつけたり、新聞をよんだりして、二時半頃寝についた。今朝は十時ごろおきた。秀英舎へまはつていつた。店へついたのは十二時半。

広告会ギありて、一月の原稿を決定す。

今日は一日中彼女の肉体の感触が身からはなれなかつた。彼女の頬、彼女の手、彼女の膝、彼女の臀部、彼女の股。しかし到頭侵さなかつた後悔に似た物足りなさと、安心の思ひとが宿つてゐる。いろいろと、あれ以上のみだらな場面を空想してゐた。しかし、どうしても道徳的反省が加つてきて仕方がない。あふれるばかり豊麗なあつたかい彼女の肉体の手ざはりが、昨夜の事を想ひ出させる。彼女に対して賤辱の感じは依然としてあるが、なほ私に対する彼女の真実はありがたく思ふ。彼女の教養をぬきにし、境遇をぬきにし、生理条件をぬきにし、さういふものの醜さを大目に見れば、私に対する彼女の真実には私は感謝せざるを得ない。

今夜和哥雄さんきた。ドテラを持つてき下《ママ》さる。

じりじりと喰ひ込んでくる性的煩悶が、ます〳〵あたまを惑乱させる。

ことん、ころころころ、ねずみかと思つたら、となりでえもんかけをとりはづすおとだつた。

耳は白粉をつけた、ばら色である。

子兎がゐた。白く長い耳はそよいでゐる。その耳はうすあかく半透明で、あかるい感じをあたへる。

あかい耳の肌にまつしろいやはらかい毛がいつぱいに生えてるのだ。

血管がすいて見えるやうに、美しい紅色を呈してゐる。

カモ一

十一月七日　日〔天候〕はれ　午後十二時五十八度
十時半頃 Chiyo より電話あり。起きて一緒に国技館へ菊見にいつた。浅草橋で別れ、私は丸善へ、彼女は神田劇場へいつた。ひるまのひかりでよくみると、顔立はよいが如何にしても、ぼろぼろしたものが顔一面に出来てゐるので、さめてしまつた。いやな女だ。何にも関係しなかつたのが幸だつたやうな気がした。
白木屋でチラシと塩あんしることをたべ、丸善へいつて、ロージヤの石鹼（ムゲー）をかつた。
夜「印象」といふ雑誌をもつて、加藤と本沢といふ人とが二人できた。二人とも若い人たちだ。廿三四ぐらいの人人だつた。一部おいていつたので、あとでよんだら、兎に角、まつすぐな路をあるいてる人たちらしい。

子供らしい顔立で、ぱつちりとした眼のきれのながい、ちよつと支那美人らしい風のある女。娘かと思つてみたら、赤いてがらのまるまげをゆつてゐた。いかにも子供子供してゐる若妻だ。

◎可なりなみなりをした男の人が、レーンコートをきてゐた。ちやうどこの夏、私が丸善でかはうかと思つたのと同じやうな。してみると、あれは、あひぎにもやくにたつのだな。

今日もまださだ子の事が思ひ出される。もし彼女が娘だつたなら、私はきつと関係したのだ。けれども、人妻となつた彼女とは関係出来ない。道徳的の立場からばかりでなく、私の潔癖からいやだ。最後の刹那で私が身をひいたのはそのためだ。あの時は、私より却つて彼女の方が積極的にでてゐたらしかつた。

今夜もどのくらゐ待つたかしれない。一方では、来ない事を願いながら、又一方では来てもらひたいのだ。「ねもうこないで下さいね。あふとどうしてもしつつこくしたくなるから」といつたのが、正しい事であつたし、さういつたのが良かつたと思ひながらも、もつとほかにいひやうがあつたものをと、残念に思はれる。

『私はね、毎日でもあなたにあつてゐたいのですけれど、あへばどうしてもかういふ風にしつつこくしたくなるし、それにそんなに逢つては、あなたの旦那にすみませんから。私はあひたくつて、逢ひたくつて、しやうがないのですけれど、あなたも娘さんではないのですから、人の妻となられたのですから、身をつつしまなければなりません。ねえ、私だつて、かうして、あなたを抱いてゐるのなら、一生このままゐたつて、決してあきるやうな事はないのですけれど、あなたは、もう人のものとなつたのですから、私だつて、あなたに対してつつしまなければならないのです。ほんとに、私は逢ひたい心は山々なんですけれど、お互にがまんしませうね。お分りになつたら、どうかもう、これきりこないで下さい。私はきつと、あしたの晩もあさつての晩もあなたの事を考へてねられないかもしれません。けれど、私もがまんします。』こんな風にいへばよかつたのをと、私はくやまれた、今夜は彼女の肉体的の感触の影がだんだんうすれていつて、いろいろな物のために防《ママ》げられてゐた彼女の精神が、だんだん形をあらはしてくるやうな気がする。男女の本能、二人の間のそれが根本的連鎖となつてゐるかどうか。それはたしかに二人の間の一本の太い線となつて貫いてゐるにはちがひないが、それを全然とりのぞいても、二人のひきあふ心は、滅びきるものではない。彼女にしても、私にしても、本能といふもの以外に、目に見えない、あるものにひきずられてゐるのだ。運命か？私にはよくわからないが、兎に角、私は彼女の醜い、到らない、ぶしつけな方面にはたまらなくいやだが、なほ彼女にひきつけられる。

彼女の美貌が私の愛着をひきとめるのか。それもいへない事はないが、それよりも、もつと内面的に私と彼女との心のなかにひきあふものが存在してゐるにちがひない。彼女の教育程度や過去を思ふと、全くいやだが、それでも、私は、彼女の身体を抱いて（彼女の方から私にすりよせてゐるのだ）ゐると、彼女の心と私の心とが、極ほそいけれど一すぢの流れをつくつて、快く同じ方向に流れるのに気がつく。全く不思議だ。これだ！　不思議のもとはたしかに之だ。あるひは大部分は不純だか知れぬが、その中に、少なくとも、純粋なものが存在してゐる事はたしかだ。之のみは、何をもつてしても、とりのぞく事は出来ない。

　彼女の家がもつとよく、彼女の教育がもつとあつたなら、私はよろこんで彼女をもらつたのだ。

　彼女は悪いところが多い。しかし、私に対してゐる凡ての心凡ての行為の中で、真情そのものともいへるものが光つてゐる事はうたがふ事は出来ない。彼女とても、私に抱かれてゐた時は幸福にちがひなかつたのだらう。だまつて、鳩のやうな眼をしてゐた時にも、私によりすがる心安さとうれしさとが、身体のうちに泡立つてゐた。

　今夜は、たうとう彼女は見えなかつた。わたしの頭の中では物足りなさと安心とが背中合せですわつてゐる。私はどつちをとつていいか分らないのだ。

　午前一時十五分前しるす。

マメ。ウエフア。入浴。アタマを洗ふ。

十一月九日　火〔天候〕くもり　午後七時十分前五十八度　すこしさむい

朝わり合に早くいつた。今日は、昨夜のたたりで、頭がなんだかすこしぼんやりしてゐるので、本もろくによめなかつた。家へ帰つてきてからも、まだ貞子の事が思ひだされる。過去の光景眼前に展げられる。大正四年の春四月のさくらの花のさくころの事から、ずつと思ひ出される。何といつていいか分らないほどさびしくやるせない。この間は、ああは言つたものの、今夜は、もうとてもとても我慢しきれないほど逢ひたい。純精神的にあつて話したい。今夜きてくれるかしら。きてくれればいいが。さあちやんさあちやん、どうかきて下さい、きて下さい。我はもう逢ひたくつて、逢ひたくつてたまらない。彼女について悪い噂（之は彼女の夫よりききしもの）は知つてゐるけれど、なほ彼女の一点の真実に動かされるのだ。彼女の私に対する真実の心が私の愛執をつなぐのだ。今夜はどうしてか、さあちやんに逢ひたくつて、泣きたくなるほどだ。あたまが痛くなるやうだ。畳に伏して、もだえてももだえてもしやうがない。たうとうふせつせいをした。

ぺとつとした女の肌が鮪のきりみのやうに私のあたまをかすめる。

湯から帰つてきて、鏡に向つたまま私はまたうつとりと考へこんでしまつた。何を考へたのか。それはいふまでもないさだ子の事である。十分ばかりの間しいんと考へこんでしまつて、膝が地の下へ消《き》えるかと思ふほどしづかだつた。湯からあがつて乾いた口に「りんご」を食べやうと思つたがどうしても食べられない。何故さうか。りんごに手をふれるのさへ私はなやましい、折角忘れやう忘れやうとしてゐる彼女の事がまざまざと思ひ出されてくるからだ。あの夜の、心強かつた私の態度がさびしいさびしい悔恨と一緒になつてあらはれてくるのだ。あのあかいりんごを手でつかんだら、私はどんなに、私の無情と心強さとを悲しく感じるだらう。けれど、あれも仕方ないのだ。もしああしないで、さあちやんが二度も三度も来られたら、さあちやんの身の破滅となるばかりでなく、私の身にも危険がせまるのだ。それを私は、無情に言つたのだ。人妻となつてゐるさあちやんに対して、私はああするよりほかにすべがなかつた。理解ある言葉でいふのは出来ない事はないが、私にはそれほどの余裕はなかつた。やはりあへば、二人は只の二人ではない。胸がこもつてしまふのだ。だからかんじんの中心をはなれた話題をとらへて、二人はめいめいの苦痛をまぎらはさうとしてゐるのだ。今夜あたりはきつとさあちやんもなやんでゐるだらう。さあちやんはりんごなどをさう大した意味で持つてきてくれたのではないかもしれぬが、私にとつては、大きい意味のものとなつてしまつた。いつまでも取つて置きたいやうな気もする。せめて、せめてあの夜の思ひでの種にとつておきたい。卵とてもさうだ。むざむざとかんたんに食べてしまつては、すまないやうな気がする。私は今夜はさあちやんの真心に手をあはせたくなつた。それは、りんごや卵が私に物をいつたのではない。礼義も言葉づかひも知らない女、まづしく祖母《そぼ》と二人で女工をしてくらしてゐた女、私は、さあちやんの心をせめる事は出来ない。さあちやんのまはりには、たくさんのとげが一面に生えてゐたのだ。私の微力のために、それをかりとつてやる事も出来なかつたのだ。『愛のない結婚は不幸ですわ。』とさあちやんの口からきいた時、わたしは、それがうはついた見えからの言葉とばかりはとれなかつた。たしかに、そのうらに生生しい実感がべつとりとくつついてゐた。私はその言葉のうらの真実にうなづかざるを得なかつた。さあちやんの夫が『あなたが御面倒をみて下さるなら、帰しませうか。』といつたのと対照して、さあちやんのこの言葉は一層強く私の胸をうつた。私は、さあちやんのさういふ言葉をきいた時、『あなたの旦那もこんな事を言ひましたよ。』といはうかと思つたが、いやいや之はいけない。すこしでも、さうしてさあちやんの心を今の夫からはなす事は、私として為すべき事ではないとしてやめた。之ばかりでなく、私は凡ての話にも、今の夫とさあちやんとの間を裂くやうな事は絶対にさけた。むしろ『あの人はいい人でせう。』といつて、さあちやんの心がさう感じてゐるのだらうと予想してゐたのに、さうではないらしかつた。『なかなかやかましいんですよ。』といつた。

ここまでかいて、また私はりんごを考へた。りんごを考へると、私はさびしく恋しくなる。りんごの詩をかいた。ふくろからそつとりんごをとりだして、それをふところに入れた。私は詩をかきながら、泣いた。卵を食べる時もまた泣けるのかしら。あの夜ジバンの事だけは話したが、行李から出してみせはしなかつた。手紙（机の中にある先日手紙）もみせはしなかつた。また、さあちやんを思つてゐるらしい事は一言もいはなかつた。私は、もう祖父も祖母もないから、フランスへいつて、あつちで死んでしまふのだといつた。私のこの言がさあちやんにどうひびくかをうかがはうとしてゐたが、さまでも感動もないやうだつた。

沈思の極、

空間の一点をぢつとみつめてゐると、

そこにいなづまの渦巻がもえる。

入浴。

十一月十一日　木〔天候〕あめ　午後七時十分前五十三度　ばかにさむい

心細くなつた。かりにも恋人として思つてゐた女が、人のものとなり、たまたま逢つても、時が許さず、場所が許さず、二人の境遇が許さないで心のたけを十分張りあふことが出来なかつた。それのみか、私は自分の苦しい立場から彼女を突きはなしてしまつたのだ。『もうこないで下さい。くるとやつぱりしつつこくしたくなりますから。』といつたのだ。『ええ、もうこれつきり来ません。』とさあちやんは返事した。その場は、なんでもないやうにすごしたが、あとになつて考へてみれば、その対話のすげなさがひしひしと胸にせまつてくる。

後頭部には寂寥そのもののやうな白衣の僧のまぼろしがうごいてゐる。（時間アリ）たしかに寂寥の虫だ。虫といふ方が最も適当してゐる。しんかんとした静かな寂しさではなくむづむづとうごいて、のたうちまはる寂しさなのだから。たしかに、寂寥の虫だ。頭の皮や顔の皮に、うじうじとしわをよせて、はひのめる『寂寥の虫』だ。

この虫《ムシ》は、水草のやうなひよわな手で魂をかきむしりながら、ただよふやうにはひまはるのだ。

普通の女としては、さうでもないが、さあちやんとしては大変肉がうすくなつてゐた。

さあちやんの肉体について考へる。娘の時には、女工をしてゐたので、手もざらざらしてゐたし、肉体もかたくなつてゐたが、こないだ逢つた時には、ひどくやつれてゐた。顔にも赤味はなかつた。病的だといつたが、それにしても、もうすこし赤味があつてもよいと思つた。手も前よりは、やはらかにはなつてゐたが、その皮膚に弾力といふものが失はれてゐた。之は病的といふ事をさしおいて考へられる事なのだ。女といふものは、誰しも娘時代のはりきつた肉体が、人妻となると、皮膚の弾力がなくなり、艶がなくなるのは事実だ。

それは、ちやうど心もその通りで、娘時代の生き生きした心が変つて、人妻となつたあとは、ひかりのない、なまくらな、ぼやけた、あきらめとづうづうしさと平凡とのあつまりの心になつてしまふのだ。

あの夜のさあちやんの態度にしても、あのとりなしの大人びたすこしも羞恥といふものを伴はないのには、私はもう、すつかり幻滅の感じがした。

もし、さあちやんに、もつと娘らしい美しい羞恥と、感激とが残つてゐたなら、私は、あの場合、道徳的反省の埒《らち》を破つて、もつと真情を吐露する事が出来たのであらうのに。あるひは、さあちやんが、もつと美しく髪でもとりあげてゐたなら、私は、私の心をもつと色彩のある言葉に包んで伝へたかも知れない。

紺無地らしいちりめんの羽織の上から、私の手にさはつた、肩や背中や腰部の線も、非常に鈍い線になつてゐた。昔のさあちやんの持つてゐた、しつかりした、優しいはりのある線の感じが消えてゐた。昔のさあちやんは、着物の上からみても、肩のまるみ、胸の出具合、腹のふくらみ、胴のまるみ、腰部の美しいゆたかさ、背すぢから下へながれる線の正しさ、脚《あし》のかたち、歩きつき、など凡てが彫刻的であつた。さあちやんの肉体の動きから出るひとつひとつの影には悉く立体的の感じがあふれてゐた。

下宿から十五円かりて、それにメイセンのひとへもの二枚、セルヒトへ二つとメタルと都合五品で廿円で入れ、インバネスを三十円と利子二円二十五銭で出した。
朝ヒゲソリ。

（白凰社刊『大手拓次全集第五巻』に拠る）

佐藤惣之助

佐藤惣之助詩抄

『狂へる歌』

燃ゆる町

見よ、冬の強い夜明を
彼女はとび起きた
彼女は真先に露路へ出る
素足を氷らせながら
いきなり井戸の水を汲《く》む

釣瓶《つるべ》から落ちる水の美しさ
その瀑布《ばくふ》の上を
夜明が競争で光をふりまき
反射で彼女の全身を淡紅色に染め初める

水を汲むでくると
苦し気なる暁の電燈を
彼女はひねり消してしまふ
そしてどん〳〵火を焚《た》く
働きに行く支度をする
戸も障子もボロ〳〵になつて
風が霜の針を吹きつけてくるけれど
風邪一つひかない
彼女は喜悦をもつて若木のやうに立上る
そして町へ出て行く

戸口の霜を劈《つんざ》いて

ビシ〱歩き出すと
どん〱夜が明ける
赤く〱町が朝日に燃え初める
天辺《てつぺん》まで燃え初める
何といふ光明であらう
若々しい勇気であらう

見よ、彼女は仕事に出て行く
喜むで、元気に充ちて
朝の気をつんざいて行く
あゝ、見よ、この露路を
遠く夜明の霜に輝いて
小さく凍《こご》えてゐる美しい背景を
彼女の羽織の袖には綿が出てゐる
しかし凍えてうす赤い肉体は
美に充ちてゆるぎもしない

彼女は一銭もない
しかし森のやうに強い
痩せてはゐるが
軍旗のやうに勇ましく歩いて行く

彼女は正しく働いてゐる
独立してゐる
彼女ははげしい良心を持つてゐる気がする
一寸《ちよつ》と見ても威力と光をもつてゐて
暁の光りは彼女に凍《こほ》りつく気がする
そして北風も氷も一ぺんに踏みつけて
彼女が出て来る方から
町が太陽に燃え初める

紅の健康よ、氷れる貧しき女王よ
彼女は工女である
しかし彼女の意志は正しい

彼女は短刀のやうに
自分にふれる敵をよせつけない
冬の女王よ
潔癖のトゲよ、星よ、暁よ
彼女が出てくると
町も野道も初めて動き出し
町は真紅《しんく》の朝日に燃え初める

おゝ、燃える町、
その中を抜剣《ばつけん》のやうに彼女は歩いてくる
新らしい夜明の色に研《と》がれて
真ン面目《しめんぼく》に歩いてくる
寒いやうな美で
この汚《きたな》い町を燃やし乍《なが》ら
清浄《せいじやう》な太陽に射られながら

『満月の川』

春の港の街にて

わたしは熱い春の天城の天辺から
火のついた鴉のやうに飛むで来た

港は恋しい
春の夕の港は
一目見たばかりで異様に美しく埋もれてゐる。
わたしは馬車を下りて
街角へどかりと坐つてしまつた。

恋しい切ない位ゐの港だ
向日葵色の夏蜜柑の実る

太平洋の南端の港へやつとついた。
わたしの眼から熱い涙が泌み流れた
強い心の歓喜は
旅の夕方になると千倍の悲しみに変化する。

峡谷は暗く、港湾の檣《ほばしら》は白かつた
古風な街は潮の花の新らしい気象で
稀塩酸と山桜の薫りがした。
お丶、港の海燈に輝く屋根越しの帆柱
山嶽の岩壁に林立する檣
檣と鷗はわたしの感傷の眼を刺しつぶす
然も月光の傷いた鷗は、三角の白い檣の林はわたしの旅の精美な身情をふるはした。
何といふ哀恋的な心持ちだらう
わたしはこんなギラ〳〵した白い月光でこの昔風な激しい港を見るとは思はなかつた。

街辻の家々には鱶の匂ひがして
白い青鮫の鰭が扇のやうに干してあつた
海から上つて来た月光の女は
鰤や女児《めじ》鰹を手に提げて
水銀のやうに小路へこぼれて消へて行く
海員達や遠洋漁業から帰つた男達は
万祝や、浅黄服や、紅色の手拭を頭にくゝつて
水牛のやうに吼えて通行する
湾内は帆前船や汽船や漁船で
舷燈は蒲公英《たんぽぽ》のやうに明るくとびちり
星空と海洋の新淵から
街の倉庫や白壁の間から
売春婦の大盛装した夜の赤色の家の燈が
心臓のやうに生活してゐる。
こんな強い悲しい灯は今迄わたしに射したことはない。
わたしは極彩色の暖国の鳥のやうに
この異郷の燈の霧に新らしい心持を射し通された。

わたしは乞丐《こつがい》のやうに、新戦場の夜の負傷兵でもあるやうに
生木の匂ひのする杖にすがつて街を歩いた。
泊るのは恐ろしかつた
乏しい金袋はわたしのポケットに鳴つた。
赤い宵の家は荒磯の砂金のやうに
海の人達の血を引つけた。
若い水夫や船長や運転手は生命の限り歓楽を欲した。
下田の夜景はわたしに物凄かつた
人に触れる事は
もう歓喜の血を痛め傷つける気がした。

わたしは海の売春婦を見た
祭りのやうに楽器を鳴らす女を見た。
街頭に酔つた海豚のやうに
つんのめつて殪《たふ》れてゐる青年も見た。
わたしの生霊は寂びしく燃え上つた

楽しき強い日暑の海の人々を頌めたゝへ
その夜陰の辛い悲しみに舌を寒くした。

わたしの肺臓は痛むでゐるし
身体は傷き易く樹のやうに破れてゐた。
しかしわたしの弱い心空は
遠い波濤のやうに、港をめがけて轟いた
わたしはこの港にあこがれて
険しい春の天の天城を越して来た。

あゝ春、そして深い港の海岸で
わたしはとう〳〵殪れてしまつた
船体や檣や倉庫は月光で
わたしの春の身の心を明るくしてくれた。
熱鬧《ねつだう》せる夜景よ。太洋の辺りの遠き港よ
わたしはこゝまで迷つて歩いて来た
わたしはあこがれと恋しさで、わたしの内臓が燃え崩れるのを感ずる。

わたしは瞬間に暁光の紅の射す
黄金の海港を神聖な曙の睫毛に感ずる事を欲する。

波濤よ。月色の港よ。春の汚れた鴉よ。
わたしは歓喜と悲しき痛みにまびれた
わたしはわたしの軌道も旅館も失つた
わたしの夢想は激しく煥発し
このまゝ溺れ死ぬ事を欲した
煙鬼《エンクイ》のやうに街に殪れ死ぬ事を願ふより道がなくなつた。
わたしは桟橋に突伏した
死ぬより楽しみはなくなつた。

水　兵

横須賀は甲鉄の港だ。
海底のやうに夜があけて

往来がきれいな波間に見え
早起きの水兵が錨のやうに両手をふり
華麗な日の出に埋もれながら歩いてくる

海軍はあざやかだ。
ペンギン鳥が金モールをつける
勢ひが満悦してくる
世界の海原を歩いてくる
若い水兵は二三人づゝ

少し年をとつたのは自由に一人で
市街を清め、天気を醒ましにどし〳〵やつてくる。
太洋の情熱があらはれる
笑ひながら爽かな眼つきで
艦体をそろへ、意装を調練し
旋風機の真鍮色をして
新らしい鷗の散歩をはじめる。

まるで母に引廻される愛らしい猛獣のやうに、
きれいな無理の法則にしたがつて
一定の旋律に支配され
時間で出て来て、又時間で引上げる
別に用のない者もあり用のあるのもある
歩きたくない者も何も見たくない者も
みんな本能で町の光りにうかみ出して来て
東西を歩き廻り、ぐる〳〵心をほどいて
又真青な海の兵舎へ
夜といつしよに引あげてゆく
永く太洋にゐたものは
どんなに陸といふ青い大きい地の船へ
とびのつてかけづり廻つて見たいか
陰気な陸兵はあるが
ぼんやりもそ〳〵した海兵はない。

さういふ風に水兵があつちからこつちからもくる。
どん／＼かはる、規則立つて行ちがふ
大きいのもあれば子供のやうなのもあり
今顔をブラシでこすつて来たかのやうに
男性の光輝を車輪の如くカチ合はせる
帽子の尻尾が子供つぽくピラ／＼する
シャツや襟の油屋さんから
つけ紐のやうなナイフの白紐が遊ぶ
白ハンケチが海の色と天気でチラ／＼する。
ぶつかりあつては手で失敬する
太いズボンが象のやうにだぶ／＼する
上の方に擬宝珠のやうな真鍮の顔がある
往来は甲板の日があたり
青空が西洋紙のやうに香気がする。

向ふからくる大きい水兵は
愛くるしい少さい細君をつれてゐる

細君は林檎をハンケチでつゝむで抱いてゐる。
二人はどん〳〵絵葉書やへはいつてゆく。
こつちの瀬戸物屋の角からは
色の白いしなやかな水兵が
田舎の母親らしい年寄りをつれてくる
母親は牛のやうにやさしい眼つきをして
息子のゆく方へ安心しきつてついてゆく
影法師が二つそろつてゐる。
母親の信玄袋はぶら〳〵重く
息子への愛の果実がいつぱいつまつてゐるやうだ。

家の遠い田舎出の水兵は四五人かたまつて
みかんのやうに新らしい日光の中を
四五本の煙草をパッパと吹かして通る
八百屋には林檎や蜜柑がつむである
日の色がついたり彫つたりする
笑ひ声が新らしい谺や鳩になつてとんでゆく。

花と雷電

本屋からは新らしい紙やインキの匂ひが
花のやうに十一月の日にとぶ
隣りの時計屋では店中の硝子戸と
金属や鏡で二重にも三重にも
通る水兵をドンデンがへしに映しとる
鏡や硝子が天気を氷結する
海の方から軍艦か官舎の鐘がカン〳〵鳴る
その中を燕のやうにきれいな士官が
短いマントに短剣をぶらさげて
一直線にきれいに歩く
われ〳〵もそれについて歩く、見物する
海の宮殿のやうな戦闘艦を見に
ペンギン鳥の水兵をかきわけて。

私は田舎の花を伐りあつめる
川から藪からいとこの畑から
熊ン蜂のやうに慾をもやしながら
街へ持つてかへらうと物狂はしく伐りあつめる

きんの向日葵や紅の夾竹桃を
凌霄花《のうぜん》でも木槿でも手あたりしだい
曇つて熱い真青な自然の肉体を
力まかせに引きちぎる

獣のやうにかけまはる雷の中を
深紫の稲妻のハンケチの下を
八月の大オルガンにのつて
犀のやうに突進する

私は蔓や枝にまきつかれて
藪の濤からうかみ上る

私にからまる花は群がつて
暗いかゞやきを引いては燃える

私は花の大ランプをより大きくする
花や枝は稲妻をあび
黒雲と深紅の尾を引いて
雷の大筒をずる〳〵と引づる

藪の風は暗を含み草は雨に染まる
私はパラ〳〵落ちたりとびちる花の蔓に
泥のやうに塗られる青粲《せいさん》のイルミネーションを
明るい川の南風といつしよに担ふ

私は自然のエネルギーを背負ふ
重い雨の花の肉体をかゝへ
やつとあばらやへ逃げ込む
花は私の上で赤んぼのやうに騒ぐ

私は花をどつさり置いて
怖〱ながらびしよぬれの天地を見る
渾沌の暗と紫の中から
今うかみ上る青い世界を発見したやうに

花は情婦のやうに寝そびれる
いゝとこよ女いゝとこよ、私はよぶ
真夏の雨の匂ひは甘すぎる
雷のとゞろきを喜びにこきまぜて

田舎の女いゝとこよ、泥と太陽の女神よ
私は花に稲妻に染まつてぐつたりしてゐるし
草の中の大きい雷の風景は一人に重すぎる
早くきてその赤い大きい腕をかくしてくれ

非常識

われ〳〵のやうに非世間的に
難産の精神にかきむしられ
芸術の懲役人になつてゐるものには
たえずさま〴〵な非常識がくる
昂つたり、心の眼が狂つたり
哀れびんぜんな生活をしてゐると
自分が物凄い一種の運命の書だ
わたしはあけても暮れても自分の音色と
神霊のきらめく神経の彩華を読むのが商売だ

非常な魅られかたをしてくると
わたしはぢつと自分を監視する
わたしは恋したり、泣いたり怒つたり
犯人や病人や兇人になりかねない

わたしを狂はせない限り全身を
しづかに孤独ではりつけにして置くと
四季の皇帝があらはれて
手足に「自然の病的恍惚」なる星の鋲を打ちこむでくる
頭には夏を、不断の力の赤道を
両手の掌には温い冬を、胸には青い春を足には秋の金靴を打つて
わたしの貧乏な若い夢の燈をもやす。

わたしの全身には星の腫物が
高空の花と地表の彩斑をあらはす
火星は心臓に、脳髄には金星を
纎維に、原子に、
彩華花咲き、参宿して
異常の道を旅する恒星の如く
わたしの空想は光りの花を結ぶ
街へ出たり、田舎を散歩したり

鮒や麦鶉のやうに
大自然の車の輻《バヤネ》にとりすがり
四季の空間のあらしをめぐる
鶯は青き笛をならし
わたしの身体の各部門の星に
水は「時」と、もにレンズをめぐりまはす

その時わたしは神獣のやうに
鋭敏に狂ひまはる
柳が青い紐をからます闇に
稲妻きらめく鬱金香の畑に
しかし普段のわたしの眼は
恐るべき一すぢの光をよみ、ふと萎縮し
あはれ破れたる手風琴のやうに
大空の風の歯に音を立てられず
無用の生物となりはてる。

水郷

よごれた村が
ひろい川にボンヤリと暮れかゝつた
川も草臥れた
遅い日が破れた夕日をやつと嚥下した
村の半鐘も寺の屋根も
少年のやうに静まつた
沢と洲が景色を低めた
空も雲はなし色もなし弱つてゐた

雑草の中から青蘆が四五本風に吹き出して
たちまち朦朧と色を変へた
だらけた墨絵に雨が燃えた

やがて村に燈がついた

目に見えない力で燈がさした
あちらからもこちらからもさした
天へ向つて嶄新な光線を張つた
水の匂ひを照り乱した
鋭い新生活が初まつた
夏が天界に燃えた
村は燈と水の都会を作つて
油然と高まつて来た

番人

警視庁の高い尖塔の上に
釘のやうに小さいまつ黒な番人が立つて歩いてゐる。
市中の火事や凶風を見張つてゐる

むかし子供の時に、鍛冶橋の黒い櫓の上の番人が

下の通りの人を見下してゐる星のやうな眼を見て
懲役人よりも辛からうと思つたが
今ではむしろ市街の雑曲を超越して
新春のはなやかな気流の到着を待ち
未来に向つて武装してゐる
気高い市民の神への格闘を思はせる
彼は一人勇み、妻や子供の事も思はず、安い賃金で
防水服に黒く身を堅め
極光のやうに無関心で現はれてゐる
高い処は風や空気が生きてゐて
普通の人には深淵より物凄いであらうに

天文台

天文台の小使ひのおぢいさんと
下の街に丁稚奉公してゐる私とが

すつかり友達になつてしまつた。

私が煙草や紙をもつて行つてやると
おぢいさんは学者のゐない留守を見はからつて
円球の白い建物の中の神秘な機械を
夜でも昼間でものぞかしてくれる。
私は空中を歩いてゐるやうにこはい
ギラ〳〵した光線の帯が空間にあつて
私の心を影もなくとりまいてしまつた。

燃ゆる夏の夜、高台の芝原へ忍むで行つて
物凄い望遠鏡をのぞかして貰つた。
私は月魄を見た。月の穴をのぞいた。
らん〳〵たる兜をかむれる星の女も見た。
星霧と銀河は私の奥底まで沁みこむだ。
私は身体に星の針の衣をあび、
天体は神力をもつて私を吹きとばした。

私はアメリカへ密航する日を夢見ながら
天の海原の深い淵を観察した
そして街の女子供を見ては
漂流者のやうに泣いてゐた。

私は涙をこぼして棒のやうにつゝ立つた。
星もさびしさうにこぼれて来て
私の頭や影を色どつた
私は彗星のやうに智慧の出る事を祈つたり
自由な流星につかまつて
世界の果てへ行つてしまつたら
こんなにつまらない境遇も消えて
星の大祭のやうに面白い生活が出来ると思つてゐた。

洗濯女

この頃の天気に町の裏の川淵へ出て見ると
四十位ゐの肥つた女が猛烈に洗濯してゐる
角力取のやうな尖つた総髪を力まかせに頭の天辺に結びつけて
紅くなつたたくましい腕を小鉄砲から突出し
水牛のやうに蹲《うづくま》つて
バタ〳〵洗濯してゐる

石鹼の泡が洗場から草からとびちる
水がはねる、木の芽や草の芽が元気な女をお祝するやうに
川の石鹼の泡や水の上に鮮かに踊つて映る
女のもぐ〳〵な顔に明りが流れる
青空がゆら〳〵近づいてくる
バケツや洗濯板や絞つた衣物が洗ひあげられ
濡れたまゝ太陽にぶつかつてゐる

女はどつかり莚《むしろ》の上に膝をついて
両手で水と洗濯物を必死でかき廻してゐる

子供が泣いてくると彼女は擲りつける
時には子供と草の上にころがつて
大きいむすびを食べて、長屋の女達と笑つて話してゐる
午後は其処ら中へ洗濯物をひろげ
垣の竹をへし折つて来て、綱を引いたり棚をこしらへたりして
一日野天でかけずり廻つてゐる
三人の子供が腹一杯ものを食べ
夫が夕方工場からかへるまで
家は明け放し、彼女は百舌鳥のやうに叫び通しである

夜になると独身者や表通りの大きい家へ
洗濯物を届けたり、又貰つて来たりする
清潔に糊をつけ、真つ白にして
白鳥のやうな包みを両手にのせ

町中を駆けまはる
そして夜が明けると、太陽が出ると
永遠に真つ白になるやうに
シャツや衣物を一心こめて洗濯する

表の歯医者や洋食屋ではいくらでも汚物を出す
引きりなしに彼女は洗濯する
又新らしい物が買はれる、それが古くなり破れるまで、彼女は命がけで虎のやう
　に洗濯する
まるで善意識で清められると信じてゐるやうに
石鹼やソーダや洪水のやうな水を使つて
前垂や襦袢やシャツを洗濯をする
没我的に、夢中になつて
この春の大気の真ン中で、雪のやうに白いおむすびを頰張り乍ら

『華やかな散歩』

序　一

わたしは草と花で
一つの川をかいた
わたしは星と花火で
海と港をかいた

花咲ける田舎で
空気は花にかがられて
あをい肺を川に映してゐる

風は祭り日の娘をつれ
はなやかな薫りの麻布を織つてゐる
垣根は饗宴の卓子《テーブル》かけを
台所はうす紫の木綿を懸けてゐる
時計が響くと田舎家は帆をあげ
樹々は日曜色の草をあんでゐる
女は燃えて水を恋しがり
紅い大気の薔薇になる
畑は舞台のまぼろしとなり
藪は花籠の合戦に参加する
やがて灯《とも》らぬランプがひそかに

路傍の花や影へ配達されるまで
女は芽花の青ショールをかけ
夜と地球は田舎で恋しあふであらう
わたしは今明るい木と人の豆絞りの中を
赤い競馬馬のやうにかけぬけよう
春は村々の光栄に吹かれて
花咲く喜びに照らし出される時に

船乗りの母

息子は青い地球の玉を
二度も三度も廻つて来た
柘榴《ざくろ》色の日のさす横の方の海原にゐたり

真下の異国の港にゐたり
赤道の帯を幾度もまたいで来た

しかし母は田舎にゐて
忍冬《すひかづら》や野《の》茨《いばら》でこんがらかつた
垣根の内へ鶏をおひこみながら
いちにちぼろを縫《ぬ》つてゐる

世界は大きい
地球も大きい
息子は地球をとぶ靴を持つてゐる
しかしどこへも行かない母親は
世界の田舎をもつてゐる

ステーション

どこへも行けないものにとつて
田舎町のステーションは
万艦飾《まんかんしよく》をした港のやうに
あを〳〵と晴れて見えよう

田舎から田舎へも行ければ
都会の情熱の中へも行けるし
あひたい人にもあへるのに
汽車へめつたにのれないものには
波のあらい波止場《はとば》の
鷗《かもめ》のやうにとべもしない

子守よ。年寄りよ
春の夕暮のもゆる中に
明るい月の花の空気に
きれいな凱旋門のやうに
小さいステーションは

野の中に立つてゐるのに

相模の片田舎にて

古い藪寺の花の李の枝をへし折つて
わたしは川のほとりへかけ下りた

青い相模川の上流からは
辛夷と山桜のうすい色香が吹いてくる
その空間の中に立つて
正午の地表の光をあびてゐると
わたしの手にも花が芽ぐむやうにかんじられる
わたしは健康で真紅で
空気はすべて匂のよい血になり
埋もれてゐる村々の春のさびしさに晴れわたる

それからせつせとわたしはあるいた
空中の鉄橋を、木々と麦の更紗の上を
黄色い花菜の花粉に彩られながら
はてしない田舎から田舎へ

わたしの夢は見知らぬ村々にある
手にもつてゐる花李の枝のやうに
よろこびもさびしさもそこから来るにちがひない

子守娘

田舎の子守娘等はよりあつまつて
花や露のついた木の枝を
赤い熱烈な手でたゝきちらしたり
まつ青な草の髪をぬいて束ねたり
小鳥や虫の女王のやうに

その巣をあらしたり殺したり
日の没《い》るまで、星の出るまで
打ちあひ、引掻《ひきか》きあふ、意地悪な村の見張り

　藪《やぶ》と草地の小さい探険隊か
汽車をからかつたり、巡査をこわがる小さい夕方の盗人
みんな剽悍《へうかん》で、赤い口した悪口屋か
たまには男をもなぶつて見たり
大きい西風の下で
畑や川の、ほのかな情事を高らかに唄ふ

　かの女等は田舎の日の花のやうに
身体中が金の泥
のばらの髪を赤くして
夕日のなかに燃えつくす
はれ〴〵とした秋の葉か

真赤な赤んぼを背中にくゝりつけ
生傷《なまきず》から血を滴《したた》らしながら
藪と草原をかきわけて泣いたり叱られたり
一日自由に遊んで来ては
夜の寝床で古風な妖怪に脅かされ
一人しく〴〵と泣く土蛮《どばん》の小娘である

会津にて

(ある時さびしく年をとつた田舎大工が
つれ〴〵のあまり紙のこよりを作つて
二本よりまぜてゐるうちに
ふと螺旋形の塔の幻をつくりあげた
老いたる大工はその幻を信じた
そして死ぬまでに不思議なその塔を建てようと決心した

誰の手もかりず、長い間かゝつて
彼は草の山の上に
とう〳〵奇妙な螺旋の塔を建てた))

わたしは六月の木の匂ひに迷はされて
その古い淋しい塔へのぼつた
塔には段がない、窓もない
蛇のやうにうねつて上ると
又うね〳〵とすべり下りる

わたしは笑ひながら老いたる大工の
単純な面白い術中に陥つた

塔は朽ちてだん〳〵古くなる
木の洞のやうに
蜂の巣の中のやうに

『荒野の娘』

百　姓　その二

百姓はとべない鳥である

地球とたゝかひ、天球から生命を汲み
その赤い手を
青空のふかい所へさし入れて洗ふ

かれは真冬の犁と鋤である
犁と鋤はかれが艱難の嵐に対するとき
かれの強い手足となつてやる

谷間に動いてゐる百姓は

泥の宝玉でなくて何であらう
牛はかれの一番強い下男ではないか
　かれは川の水、空中の元素
この有機的な野原の十字架は
新らしい毀れぬ機関のやうに
変化と颪の只中に
ぴつたりと地球へ突伏して喜びの種子を播く

神

　百姓ほど神々のたのしき友達はない
この主人と下僕は
日本の野原を支える二つの柱である

　われ〲の村々は

もろ〱の神の街道であり駅舎となつてゐる
貧乏な村では
人より古い神々の方が多勢なのを見ては
唯一の造物主も驚かれてゐるであらう
　神々は百姓や漁夫の魂のランプのやうに
畑から、川から、怒濤の中から
あるひは座敷や台所にも
その素朴な肖像をあらはしてゐる
　百姓は山の、土地の、杜の、護り神にとりかこまれ
百姓女は生産の、小児のための
又は幸運の、利益の、町や動物の神々すら
その赤い襦袢に縫ひつけてゐる
　神は八方に旅行し露営する
室内をも、天界をもかけめぐる

自然神と人間神とは、動物のやうに
杜を有し、祠を有し、山野を隈なく占有してゐる

神は自然から稲妻を帯びた肖像をもつてゐれば
それは狐でも又生木の棒でもよろしい
百姓は小児のやうに
万物の深秘と
その自然力を崇拝する

水は美しい、日は照る、神の御心である
四季の風車が地上を静かに廻る
それでよろしい
その悉くが幾百万の日本の神の断片である

若い友達

この春の日を室内で
病気してゐる自分を哀れむで
若い友達はどか／＼新らしい水車のやうな音を立てながら
見舞かた〴〵訪ねて来てくれた

皆生木からへし折つた
夥しい春の木を抱いて来て
私の胸の上へそつとあびせかけてくれる

私は眼を睜いて
日の入りや月の出を
私の蒲団の上に一時に感じ
天空から伐られて来たばかりの
深い濃い薫りが私を蒸すやうに染め
花はいつときに焔のやうな眼で私を見る

私は一挙にして

うるはしいたら〳〵する花の嵐にもまれ
身を透すやうなうれしさにあふれる
花は友達の若い感情にぬれ
肉体のやうに重々しい
私は熱く弱々しい力をため
花の新荷をかきわけて
やつと悦楽に燃える顔を出した

花は白や菫色や淡紅色や黄のまゝ
その生命ごとちらばつて
過度に明るいものを私の上に群らがらせる
私は瞬間に地上へ送り出された
流れるやうな春の夥しい花を
弱い生命でせきとめてゐる気がした
新製の天上の花の船は
港のやうに私の胸に到着した

皆は赤楊の幹のやうに赤く
山の匂ひが青々とついてゐる
彼等は夏の風のやうにしやべる
泥や木の汁の匂ひのする手で
朝焼けのやうに喝采する
私の夕はかゞやかしい

私は新らしく天然の湯浴みをした
しかも深紅の若々しい霧と青い春の草木で
すつかり病気も洗はれた気がした
私は彼等に感謝した、うれしくつて笑ひ出した。

女王の船

花に満された果樹園のほとりへ来て
わたしは風の檣や青い大気の龍骨をみる

李は青と白との瞬間の花である
自然の新戦場から来るするどい雪と松明の女である
かの女は幽鬱な薫香の風の扇を水にひらく

花桃は雨の女王のあたらしい腕を
鮮かな川と空気の藪につらね
色の煙りの衣裳を青空の裾に染める

わたしは光線の建築図のなかに
枝々と花を織りなす地球の斑点を縫ひ
もうろうと木々の栄華に迷はされ魅入られる

満ちわたたる花の稲妻の狂乱に
幼き自然の女王は田舎の絵模様をひろげ
ふかき情熱の春のあらしに彩られ
大地のあざやかな泥の船の中で結婚する

夕暮は肉体のまゝ
薫香の川から紫龍胆の花の月をとりいだし
色づく白日の燈火と
紅水仙の花時計を空中に懸ける

わたしはそのいのちも夢も焔とたきすてて
花盛りの悲哀に気絶してゐる木々の中に燃え狂ひ
今にも難破しやうとする色やかな女王の船をみる

華やかな散歩

村の娘達とつれ立つて
虹色した五月の雑木山へ
誰に恋するといふともなく
みんなで円い花甕をつくつたり

蜂のやうにちらばつたり
情熱を昂めて歩きにゆく

おしやれな奴《やつ》をあとにして
おしやべり娘を先にして
牡牛のやうな気位ゐになり
多くの熱い身体を馬車にして
あかい心臓が炎を焚く
元気な肉体を運んでゆく

風はあを〳〵と健康な旗となり
日は黒い眼を細緻な光りの花粉で染めだし
麦は色づいた情感の密度をもつて
娘達をおぼろ気な焰のやうに見せる
私はこの八人の肉体から発情する光りの蜜がほしい
その熱烈な夢の醱酵力がほしい

しかし私は地獄の町から来て
あまりに年をとりすぎてゐる
壮年の太陽は
真赤な花びらには強すぎて
むしろ暗黒にくるしめられる
年齢は色彩の骸骨を
われ〱の間にふしぎな空気をもつて映し出す

間もなく私はこの花やかな散歩から
ひとり雑木山の谷へそれてしまふ
私はもう妻帯者だ
右手に恋愛のインクを刺青し
左手に生活の墓を抱いて
娘達より一歩先の
強い生存の広場に進入してゐるのだ

雑木山よ、名もない寂寥よ

君はやつぱり私の友だ
八人の娘達のあの熱い肉体を
早く草叢でかくしてくれ
そして君は私のまへに
たゞ一つの燃ゆる春の日と
蒼穹の悲哀を入れかへて
平和な人間にきたへてくれ。

鋳掛師

街道の伊達な居住者
日本の多くの鋳掛屋の群れは
都会から田舎を旅する野外の機械師である
四季の町から村々へ
日の帽子と古風な纏天をつけ

道具箱と鍵の束を鳴らしながらさまよひ
どこの欅の木の下でも
又寂しい寺の門前でも
路上は即時に彼等の野外工場となつてしまふ

かれ等は百姓女や町の女房の
或は用心深い、克明な年寄りの
機械修繕師であり必要欠くべからざる知己である
村々の、町々の、八方の裏口に飾られてある炊事道具や家の中の金具は
招かずして彼等のまはりにとび来り、よりあつまり
破損をつくろつたり、合鍵をつくつて貰ふために
その火と鏝の技術を受けに来る

その上彼等は又
巷や村の泥棒の友達で
拐帯者や街道をさまよふ黄色い女達の情人となる
街道を行くものゝ道徳は

日のうつりかはり、季節の流れ、むら気な小鳥の目うつりとともに
未練なく一ケ所に足を停めない事だ
そして室内のせゝこましい人情を
戸外の、あかるい派手な自然の愛情に置きかへる事だ

かれ等は畷の松の下で
麦色の埃りと枯草の保護色にとりかこまれて賭博にふける
ある町の裏では春の日に燃えたあばらやを楯に野営する
一日〳〵が骰子のやうに
その足元から起きあがり、又そのポイントが
新らしい探険の道案内となり
街道の生活の、奇怪なフィルムを廻転させる

かれ等は日光と泥の街道を漂流するふしぎな機械師か
みんな若くて人なつゝこいお世辞者や
眼つきのよくない無口者か
漂流気質に導かれた都会の貧乏息子で

自然の下に、日光に染まつたおちぶれものとなり
その町もその夢も戸外に棄てゝしまつた
職人階級から出て来た陽気な野営軍！

田舎の寺にて

わたしは名も知れぬ田舎の古寺へ行つて
うす紫の夏の風や黄昏の房をつけた花にふれ
村を清め、木深い路を飾り
自然と交る田舎の幽霊や星に染つた寂黙の周囲にかこまれ
天然の光線で変る美しい時間をすごすのが
時折りの涼しい楽みだ

わたしは麦の中に破れた門を突出したり
色やかな雑草にとりかこまれた古寺が
蒼い彩色をした木彫の龍を忍冬《すひかづら》の中にのぞかせたり

路ばたに立話しをする農婦や鋳掛屋を見下し
美しい夏の日の夢を見てゐるのも好きだ

　本堂の欄間には浮彫の天人が、古い極彩色の羽衣を着て
笛をふきながらとんでゐる
わたしは寂しくなつて、この哀れな木彫の娘を
百合の花を見るやうに愛する
窓から新らしい花の光線がさしこみ
娘や子供の死霊が黄金の瓔珞《くびかざり》の房に鳴り戯れてゐる中で

　わたしはこの骸骨と死霊の旅館の下で
美しい黄昏とめぐりあひ、無形の光線によつて奥深い世界を見る
幻影は枝と藪に、死の生新な色は花や飛びくる昆虫の羽音に
すれちがひ、とびちり、光と陰の戦ひが
わたしを透して田舎の空を夕日で染める

漂流者の歌

わたしは地球の漂流者で
川から生れ麦の香に染まつて大きくなり
海と野原の力に愛されて
田舎と都市の新航路を往来する

わたしは名もないふしぎな花によびかけ
あはれな動物たちと足並そろへ
四季の太洋の風をシャツの帆にうけて
難破するまで漂流するであらう

わたしは雪や雨の華布で外套をつくり
水や空気の無縫の靴をはき
頭に紅虹のハンケチをまきつけて
生木の杖をしてあるく。

わたしには地図もいらない。一里塚もいらない
月は蒼穹のランプであり眼鏡であり
生命は神の磁石と電池であるから
いつも明るい方向を自由に撰むでゆく。

わたしには馬もいらない、旅館もいらない
町は屋根のある平野の船となり
希望はあたゝかい愛の毛布であるから
わたしはいつも花咲く寝床と夢を求める。

わたしは漂流しながら都市のやうに大きくなり
麦ののびるやうに頭を神へのばしたい
星はわたしの古里で
大地はわたしの恋する大女王である。

わたしは女王の肉体の上を漂流する

わたしは地球のどの部分でも愛してゐるから
わたしの喜びの一切は地球から湧き
わたしの夢は大地の女王の上をさまよふ。

大きい田舎の女を

われ〳〵は
大きい田舎の働き盛りの女を讃美する
夏草のやうな力と新らしい情熱を
野薔薇をふみしだく大きい足を
四五人の子供を果実のやうにぶらさげる
円い酒甕のやうな乳房を
大雨に濡れて焰の藪のやうに乱れてゐる真黒な髪を
血で燃えた車の矢羽根のやうな手を
森のやうに笑ふ肉体の騒々しい音を
夕立のやうにせはしないおしやべりを

木と水と草の匂ひのする大きい高声を
われ〳〵は彼女と語る
川や野のかゞやかしい精神をいつぱいにして、
木の下で、太陽の畑で
あふれてくる月夜の川で。

落　葉

それは
村の寂寞と古風な物語の絵本のやうに
青い空からひるがへる黄色いページであらうか

あるひは
日の没りを映す西風の中から
紫の夕の地球へ降りちらす木の葉の鳥であらうか

それとも
冬の悲壮な風の楽器の音に乗つて遊び廻る
いたずら好きの死の政府からの破れた通知票だらうか

村々はうす紫の強い霜風とともに
その色のある秋の羽や飾りを失ひつくし
赤い毛糸を刈りつくしたやうな荒地の上に
木々の骸骨の兵卒共が
水と風の箒木をふるつて
青空づくりの地平線を掃除しはじめた

村の年寄りや昆虫は
季節が画いた自然の暦を被つて
硝子を張り、毛皮をつくろい
辛棒づよい冬の智慧の炎をもつて
その小さな家々の窓を閉ぢてしまつた

厳寒と風は荒い手をつないで
村々の戸障子へ新らしい銃を擬し
落葉は村の空処と隙間へ
しづかな思想の破片を敷きつめ
その悲劇的な
自然の旅行切符を
寂黙たる壁へはりつけた

『深紅の人』

小悪魔

わたしはかつて東京を飛行し潜航した
小さな悪魔のふしぎな仲間を

花やかな情熱と英雄的な詠嘆とをもつて
真夏の大星座の下に回想するものである

浜離宮へ忍びこんだり台場を荒したり
太平洋の幻覚を海軍シャツに染めて
河口の帆前船やホテルの庭を横行した
芝公園の夜鴉や築地の貧乏な小水夫どもを

かれ等は銀座へ喧嘩の蒸気喞筒《ポンプ》を向けたり
発火した焼打電車が市中をとび廻る中に
出征の軍隊の音楽隊に化けて熱狂したり
新聞社を襲撃して短銃の弾丸を花束のやうに受取つたり

乞食と戦争し学生や小僧共と領区を争ひ
時の大臣を時花唄の鼻で愚弄し
市中の美人の味方であり都会の田舎者の敵で
市井のコロンブスであり大冒険家である

かれ等は天文台と十二階から市中を観測し
博物館のミイラの傍で恋しあつたり
動物園や埋立地の新共和国を散歩し
森と停車場の女兵卒である子守を征伐する

子爵令嬢も伯爵の倅も街上の姉妹船で
公園と四ツ辻の龍騎兵となり戦友となり
小さい看護婦をつれて奴隷町の破戸漢を襲ひ
空地や空壕の夜盗となつて出没する

隅田川は小提督の根拠地と水夫共の植民地で
九段の陸の燈明台から牛が淵の新航路をとつて王城をめぐり
弁慶橋や山王の森へ突進し廻航し
水陸の漂流軍は新橋のステーションで分散する

かれ等は市街戦の乞食であり日比谷の馬賊であつた

又は品川の海賊となり巷の望遠鏡や星となり
美しい情熱と罪の華やかな少年である
わたしはかれ等を熱愛し敵とも味方ともして戦つた

かれ等は寡欲でうつり気で情熱派で
都市の光彩をむしり大燭光をあびて格闘し
青い自然の帽子と赤い街のシャツをつけて
錨と旗とを常にそのボロのうちに飾つてゐた

わたしは今日の新東京の夢を愛するたびに
この街上の小悪魔の群れの肖像やその映画を
劇場や公園や空地や盛り場に画き出して
わたしの過去に戦慄や熱愛をあびせかける

おゝ巷の生命の旗よ、都市の花やかな銀河の群よ
かれ等は入獄したり放浪したり花火の如く生活し
もしくは新東京の母となり代表者となつて

街路樹や高架線の大建築物の蔭にかくれてしまつた

お丶華麗なりし夜光の小軍隊よ、旋風をもてる海賊船よ
血を流して熱愛したり泣きあつたり恋しあつて
あらゆる都市の精彩を精神に刺青し
もの狂ほしきまでに跳梁せし焔の小男女よ

わたしは今都市の空間をすぎる真夏の大気や
美しい祝祭日の日と夜の大光華を展望して
君等の過去とふしぎな美と罪の歴史を
大ビルデングの階上から飛行郵便の如く書きとばさう。

怨　霊

かの女と私は夕暮の博物館の廊下で
蒼い金色の光線と闇を引ずり

宙をさまよふ亡霊の巡礼のやうに
ふしぎな力に引きまはされて恋しあつた

かの女と私は寂しい都会の独身者で
星と星とが荒野でめぐりあふやうに
三十年もお互ひに街と街に隔てられ
雲に没しながら索引を感じてゐた

かの女の容色は衰へもせずあでやかで
いつも花に纏はれてゐるけれどもその黒髪は死し
その心臓は空胴となりその血は一滴もなく
美しい眼は開かれしまゝ再び閉ぢる事もない

私も昔のやうな巷の小人物ではなく
時代を代表した身装具をつけ
かの女を一心に見つめてまたゝきもせず
死むだ時間と空気の中に立つてゐる

眼は眼と見入り、かゞやき、燃ゆるけれど
かの女も私も相寄り相ふるゝ事もなく
ふしぎな空間に隔てられ、釘づけられ
永遠に化石の如く見つめあつてゐる

やがて真夜中が来よう、ふしぎな時代も来よう
そしたらかの女も私も再び甦り
鳴ける梟や蝙蝠の翼にのつて街へ出よう
呼吸たえるまで相抱き相触れよう

かの女も私もこの世の奥底から
ふしぎな怨霊につれてうかみ上つて来たが
今は博物館の標本室に立つてゐる
世にもさびしい模型人形である

貧者の辻——富川町にて——

それは餓ゑたる赤牛の群れであり
大空に見はなされし瀕死の鷲の魂である
両手に暗い疲労と孤独の計算表をさげ
心の翼に死と絶望の秤をふりわけつゝ
生の中央にある二つの眼から、貧しき歓楽の火花をむさぼる
生活の歯車を擦りへらした無数の機関車のやうに

巷に於ける星天の饗宴、多くの男や女の群れは悪疫と死の旅館の外で
暗の炎を身にまとひ、かき曇る大地の薫りに生気の幽霊を引ずり
その力と存在のために、その肉体の盲目の主人のために
精神と魂の中に野や海からくる食物を捉ふ

酒精はきらびやかにも美しき鬼
魔酔の花びらと、空中にある眠りのやさしき妻、千百の空気蠟燭

かれ等の生存の旅行の馬車に、又は生涯のたのしき日曜の帆となり
忘却と秘密の封印をもつて
生の海をとりまく焔と誘惑の悪液である

見よ、都市は燃ゆる物質のピラミット、街は心霊の歌留多をやぶる賭博の広場
かれ等は幸福の鳥を飛ばしてしまつた悲しき主人
暗黒はやぶれた魂にとつて愛すべき情婦

喧嘩は血の歓楽である、かれ等は血よりほかに赤い装飾をもたない
貧しき男や女にとつて赤い血の繻子の上著をつけた哀れな犠牲は
短慮と絶望のはれやかな勇者である

暗の女たちは美しい鳥
あちこちと暴虐と悪熱の上をとびまはる光の情人
その眼と心臓に死の盛装をつけし黒い貴婦人
やがてその屍は煤煙と泥からとび去るかなしき星となり
生れぬ子供等と、失へる故郷の、色なき葬ひの花輪である

無数の木賃宿、汚穢き苦痛と平和の壁は
侏儒と妖精の眠れる古建築の影絵である
水と火に彩られた暗黒の餓鬼や、死児を啖ふ妖婆の
饗宴ののちの醜い台所である

多くの小犯人や偸盗の迷宮
この巷に入る事は日光を失ふ事であり
良心と血の新らしき人体模様に
累々たる罪の花や自棄の生命標をちりばめ
赤手のまゝ摘みとつて啖ふ事である

首吊りは空中のおどけた曲芸者である
行路病者は地霊に魅入られし優美なる苦行者
棄てられし妻、売られゆく子供等は
夜の花火であり街上を漂流する小さい星である。

日傭ひ、路上人夫、肉の力を売る人々
かれ等の重き疲れは泥濘となり、青ざめし陰鬱は冬の空の如く
長き夜と時間は衰弱の晴雨計となる
雨や雪は力の美の盗人
かれ等は水の松明、燃えつきし骨の建物
その心臓は黒い焰となり
その手は街路の箒である。

鉄の車力、船の荷揚機械、葬式の人足
かれ等はかなしき発電地帯の漂流物である。

喧嘩

彩られた夜の血で
まつ青な街燈の檣に
花と葉をまきちらせ

意地張りな鉄橋が
あつい南風にほてるまで

五月の巷のあらしが
藪の外套をふききまくり
青と赤の碁盤縞の上を
女子供がにげちつたあとに

とべ椅子よ、硝子の花よ
船乗りが大浪のやうにおひかぶさり
呼吸もつげない真最中に
いきなり燈花を叩きやぶつて
鋭いサーチライトを照らし出せ

赤と黒の闘ひよ
スペイン風の豪洒な頤で
小さい獅子を猛らし

夜の祭の大きい牛の中へ
汝の歓楽の憂ひをあびせかけよ

辻公園にて

一日街をさまよつてゐると
昼の日の花に瞳はやぶられ
ふしぎな夜の魔術にあこがれて
辻公園の椅子によつて眼をつぶる

市内の小公園は
蒼い夕暮のハンケチのやうに
彩られた瓦斯に燃えたり
漂流する人々の影絵を映したり
星への通風管を木や風で染める

子守は街頭の新らしい女房で
子供はヂプシーの群れとなり
煤けたボロを風に華やかし
昂められたる夕暮の気分に染みて
魔力ある光線の筋々へちらばる

夜は街の人の夢を暗の彩色で燈す
わたしは夜の魔術を眺めるために
そろ〳〵と共同椅子から立上り
星と幽霊の新らしい事件の方へ導かれる

小公園は燈と風の小さい森となり
ふしぎな通行者の舞台面となり
夜光虫のやうな情熱は透きとほり
万人の焔の凱旋門を微かに映す

わたしは都会の怪しき目的や

入り乱れた筋路の糸の瘤を
この椅子の上で解かうとしては
又自然にわからなくなり
あざやかな魔術の路へ引きこまれる。

都会は流れたり燃えたり曲つたり
わたしを夢と悲しみでしめくゝり
夜の帽子とマントを著せて
焔の餌食で釣りよせてゆく……。

マッチ製造会社にて

火は神々しい貧人の手でつくられる

工場へはひると
われ〳〵は緋の洋燈を有する夜の国へ到達する

きんとむらさきの塵の光線に
シャツをつらぬきやぶられた労人が
へきれきの機械のなかで
電をつくり
感じやすい火の新軸を降らすのをみる。

冬のあけぼののやうな室の境を越すと
青い新らしい紙が薫り
赤燐と硫黄のすき透つた気流のなかに
オリーブ色の貧しい小さな女工人の髪は
火を啣へた兀鷹の尾のやうに
つらい悦楽の凪にさか立つのをみる。

屍づくりの老婆は火軸の穂をそろへ
稲妻にやられた女たちは
むらさきの炎の箱へ火をつめる
白い日のひかりは梁からこぼれ

窓外の草はあらがねよりも光沢がない。

われ〳〵は火をつくる闇の工房で
地獄の冬にやせた女や小供が
鳴よりほそい首筋から出た幽霊の手で
青と赤の火のペーパを張る上に
疲れを感ぜぬ黄銅の機械が時計といつしよに
女や子供をつらぬき追ひぬく響きを感ずる。

天のないところに心と空気の平和はない
街は箱の如く、工場は墓の中で
黒い煤をまとひ、緋の煉瓦に染み
暁の石炭の中から夜の黒水晶へ
小さなたましひがとびかけり
哀れな盲目の行列をつくつては死むでゆく。

黄金よ、火と生命の彩虹につらぬかれたる世界よ

青いクローバーのやうな女や子供の心の臓は
鉄と火薬の匂ひにこゞへて
眼は時計よりもするどく白く
戦ひよりもはげしい働きは
銀貨一枚とおのが白い歯一枚とを交換させる。

　火の束は麦の焰の如く
小さい商標箱の中へつめられる
微弱で胸の肉に火力のすくない者は
青い包装のザラ紙の中に
未来の子供や結婚や喜びの色彩を
糊と竹へらではりつける。

　心霊は炭素のやうに散乱し
多くの弱い精神は髑髏の中で酸化した
つめたい青い肺が呼吸せはしく
腕を支配し、眼をあやつり

新らしい火の軸をつけ
発火しようとする火の紙を刷る。

監視の眼は老狐のやうに光る
賃金の空鳴りは製品の上をとびかける
とかげのやうな指の戦争が
女とマッチ箱の上を走り
勘定台のをばさんが
審判者の力をもつてベルを鳴らす。

われ〳〵は汚れたプロメシウスの子孫のよわ〳〵しい女や子供が
火と賃金の牢屋から
悲しい胃の腑の戦ひをはたし
霊彩なる文明の火軸を製出するのを見る。

おゝ火よ。われ〳〵は火の真因を見た
火は神々しい貧人の手でつくられるといふ事を。

潜水夫

潜水夫は武装した星の兵卒である。

金《きん》の頭
暗の中にとぢこめ
全身に
風と水の鱗や獣皮をつける。

兜をもつて、星を閉ぢ、世界を隔て
波濤の眼鏡一重が
同じ船の人々と千万里を異にし
水と星の世界へ出発する。

潜水夫は怒濤から生れた新らしき龍である。

金星の眼をかゞやかせ
麻に赤絹の生命をよりまぜた綱と
悲しき呼吸機管を引いて
水中のふしぎな花咲く岩地へ降りてゆく。

海底は無人の荒野の如く
夜の恐怖とたゝかひ、死に襲はれ
海の亡霊と打交つて、深紫の牛のやうに
重々しい水中の開拓にかゝる。

潜水夫は哀れな海の十字架である。

港の下や荒磯の底にゐて
はれやかな星や愛情といつしよに生活する
地上の妻や妹を
天の燭光のやうに仰ぎながら

電気ランプをともし、斧をもち
難破船の死骸の上に
この世の金貨をさがしにゆく
武装した骸骨である。

土木師

大きな明るいシャツ、ばか〳〵しい不自然な外套
丸太ン棒に西洋の大靴をはいて
都会もはづれの古い荒れ地を
獅子のやうにのさ〳〵あるく土木師

かれは街の巡回動物園の檻から
美しかつた村々の自然地を荒しに来て
そこに鉄や煉瓦の
都市模型の泥の製造所を建てるために

あつちこつちの放浪者や
街道の伜達を引つぱつて来て
自然の大拱門の下で
水と泥の小さい戦争の準備をする

かれは明るい港をつくる
きれいな運河を掘る
自然に小さい傷害を与へて
とく〱とその広告絵を青空に貼る
かれの力は都市の万力で
その理想は美しい町を、水と泥の中に築きあげるのにあるのかも知れない

しかしかれは泥と丸太そのもので
その精神は喧嘩と傲慢よりしかもつてゐない
この浮浪人の酋長は
華美に著飾つたり、荒れ地へ来て幅をきかすより他に
他愛のない脂肪の牝獅子である

『季節の馬車』

仄かなる午前の風

村村へつづく庭の木の盛り上れる方より
わかき午前の日のかがやきと匂やかなる風は
いきながら空気の娘のごとくにも近より来る
わが影をきよらかにめぐり半身に日を彩りつつ
そこらなる花花と蕾とをあたたかく一致せしめ
うすき喜びの電気を燦めかして
椅子のほとりを黄金の日時計ともうたがはしめ
又はうつくしき地の光明台の如くにも
はるかなる南風のほのほをひびかせ
うちあけたる朝の情熱をひたひたと滴らし
わが身の上を青空のさなかにすき透らせ。

匂ひと響き

藪とすもの花のあらしのなかから
いひ知れぬうすい感じと影がとびちり
曇つてゐる村村と僕をあをあをと塗りつけ
ごくひそやかな響きをつたへては見えなくなる
僕はそのうしろと前と色のよい空間へ
自分の持つてゐる曇りも闇をもとばしてしまひ
真昼のうすい月の色香をかんじ
雑木のむれを吹き透す生気にふれ
何のあてもなくほんのりと自分を失くしてしまふ
僕はその色とも水ともつかない薫りを愛し
このうつくしい響きのなかから
生の幽麗なる姿に似たものをかんじはじめる
おぼろげなるそこら中の色と形とに
ふしぎな情愛の日のふくらみをふらせ

無名の生気の大きい蒸気に
いつともなく沈みながら。

（武州折本村にて）

青胡瓜

昧爽《よあけ》の胡瓜をもいでくれ、従妹よ
風に洗はれる三日月のやうな眼つきをして
僕はその青い小さな錨を畑でたべよう
何よりもうれしく霧をかんじ、露にしみ
僕の目ざめを感じてゐて
朝焼けの光線に吹きつらぬかれ
僕の眺めの中に
鮮紅色の季節の娘のやうに扮装して
朝の胡瓜をもいで来てくれ。

水のほとりにての感想

幸福はとんでゐる
自然の快楽もとんでゐる
明るいあちこちの誰もゐない処に
一日の虹のうつりかはりと
めぐるあたらしい季節の馬車が
われわれの頭上いちめんに通行する
すき透り、吹きまはり
精神の尖端の波止場を優しく、美しく
爽かに、二重の耀きを水の面に見せて
朝紅から夕映えの尺度をもち
季節は麦の穂のやうに映り、映る。

智慧の輪

見わたすかぎりの雑草世界！
なんとすずやかな線や旗ではないか
匂ひと色とをはつらつと展べて
水の世界から陸と気の世界をつづり
こまかな網翅類をよびあつめ
その清らかな智慧の輪を
空中につらね引まはし
どうしてそれをほどいたらよいのか
優しい秘密の花文字を
るゐるゐと私のまへに盛上げてくれるではないか。

莢

もいめんづるや草合歓の
すきとほつた船を見よ
豆の橈手が十二人も乗りこんで
萼《がく》の船首を空中にたて
大気の濤に小さい造船所をのこして
六月のあかるい世界へ進水しよう、しようと。

蝶の出帆

蝶は出帆するよ
四月のすつきり高い枯草の突端から
毛虫となつてよぢのぼり、よぢのぼり
その毛製の装飾をぬぎすてて

陸界の波止場をけり
あたらしい気体の世界へと
きれいな、綺麗な蝶と生れかはり
風に祝はれて出帆するよ。

南かぜ

この曇り日に、いちめんの昼顔が
色のうすい風の盃をゆすり、ゆすり
あちこちと咲きまはつてゐるところ!
はるかに川辺のかたより、ゆるりかんと
帆は雲にふれて消えもせず、ふくらみもせず
陽気な、それでゐてどことなくむなしい熱気が
ぽつぽと空中にもえるとも感じらるる
田舎娘よ、ここへ来て寝ころぶといい
うすい孔雀いろに曇つた午まへは

うつくしい怠惰な色もわるくはない
眉をさつぱり落したやうな
この昼顔の淡々たる砂原では。

信仰への感覚

さらりとしたる新樹の枝枝に
うすもいろの五時の日が色づく
くたびれて、さてあらゆる興味も去り
昆虫も満足し、われわれも妙に淋しい時ではないか
少年よ、麦酒を買ひに走つておいで
こんなにも華やかにして寂寞たる
無人の林のつらなり、春く日の照りかへし
私は空気の色にやけ、日に乾いて
もう村を歩き廻る気も起らぬ
かういふ時に、ああ古い鐘の音よ

私にかすかな、かすかな
大昔のやうな信仰への感覚が
うすうすと目ざめて来たならば
どんなに今の私は美しからうに。

旅行

旅をしよう、爽涼たる青年時代に
水星からでも降つて来た人のやうに
ちらちらする宵の情炎をおびて
怒濤のすぐ傍に坐つたり
古寺の幽絵のほとりを歩いたり
青ざめた博物館を通りぬけて
ただ二人のほかは星と町と村との
清らかな自然色の広場があるばかりで
千鳥と千鳥がとぶやうに

春と秋との愛情をむすび、羽をそろへ
新らしい快楽の壺が破れるまで
影絵の人物のやうに旅をしよう。

虹の懸れる幽愁

限りなく、かぎりなく
この眺望を透す爽かな情感に身をふるはせる
うしろから吹き下す西風も眉にしみ
青燦としてうすむ青朝山の角より
夕霽《ゆふばれ》の虹くつきりと吹きあげ
うねうねと白みゆく激流も遠くほのかに
全体は流麗な青い金色の靄とかはり
僕も馬もキラキラと雨の雫を滴らして
今放電的な虹にすき透つて山を下る
限りなく、かぎりなく

この幽幻なる清きわびしさに
耐へられず、たへられず。

爽　怨

僕のさがす紅石楠の花は見つからない
雪にあをあをとかがやいてゐる岳の突角にも
ほのかな原林の枝や神経質に白い幹の間にも
又青と闇とが光線の滝をあびてゐる谿間の崖にも
自然に生えてゐるといふ鮮紅色の花は見つからない
僕はなんとも知れない爽かな怨みにもえる
まるで青青として情のふかい神話の妃が
その頬を染める顔料が見つからずに
うつうつと静かな狂気に気がもつれてゆくやうに
僕はひとり岩の宮殿のならぶ
蔵王山の影と陰との深みへ下りる。

（刈田岳にて）

月

月が娘らのやうに
あかるい海辺で化粧してゐるときは
わたしも喜んで感覚の扇をひらかう
しかし思はぬ木の間に月が出たときは
この村村の天然の釣ランプを
しづかに眺めるにとどめよう
田舎の月はひつそりとして
淋しい人は月の祭を好ましく思ひ
古い昔の世界に遊び
幽情をつくして端坐してゐよう
わたしはそこここと歩きながら
頭に幻をもてる人人にのみ
この清らかな光線の帽子をあづけよう。

幽艶

女よ、女よ
林中の
陰ふかいすずやかな部屋に灯がともり
おそき月木の間にさしいでて
影をまとひ、色をまとひ
愁ひつつ或は喜び、灯にうつり、影に入り
秋の匂やかな二つの眼をぢつとそそいで
夜に塗られた銀と藍との衣裳を引きゆたね
小さい扇のやうな盃をあげしほの明るかつた時は
暁色なすいつの夏の夜であつたらうか。
ひそかに、ひそかに、女よ、思ひ出て見よ
枝はさつさと風をはらひ、水は月影をふくみ、ふくみ
もうろうと煙の如く酔へば
涼やかなる幽情は灯を消し、月をさへぎり

ほの青き霧の風景を部屋にしづめて
風の匂ひを感じ、美しき夜気を点じ
うす紅色の頰に朝のくるまで
その黒髪のふかいものの気を竹林のやうに
あの木の間の月に洗ひ清めた時は
いかに微かな幽玄なる時代であつたらうか。

『琉球諸島風物詩集』

琉球鳥瞰図

琉歌――あけ雲とつれて慶良間はいならであがり日《てだ》拝で那覇の港
（かぎやで風ふし）

真南《はへ》の風たち、花珊瑚や鹹にもゆる
浮縄《おちなは》や青眉のごと
波濤しろ鳥の翼よつらなり
にへや古めきし王国の
蛟龍のよに北はしるヂヤンパ岬よ見れば
山原船《やんばるせん》はむかし真帆はり
伊江島すぎて
慶良間、（一）多良間（二）とはひならび
三重城《みぐしゆく》（三）の遠目や日晴れ

琉球松や福樹榕樹《かじゆまる》色刷きて
首里の都よ珊瑚石垣うち霞むで
今宵乙女座の星よ照りあひ
南太洋やむかて漂ひながれ
若夏の蒲葵扇《おうじや》ひらき東《あがり》よむきて
馬天港《(四)》のうす月やあほぎまどゆる。

註。（一）那覇より十七海里の孤島。（二）同じ。（三）那覇港入口の旧砲台跡。船の送迎場として有名なり。（四）琉球東海岸の良港。

乙女座の下で

月の美《かい》しや十日三日、乙女美《みやらびかい》しやとうななち、ほうい、ちようか。

（八重山民謡）

いつまでか重き額のかげに
消へゆく東方の情熱を惜しみもの思ふぞ
白鳥座は通風管のうしろにかくれ

百合いろの北天の星は
もの憂はしげに我等をはなるる今宵の晴よ
南方の星座はひらけ、はでにきよらに
愛らしや女座の星星は捲毛をあげて
さん〳〵と新らしき乳を吹きかけ来り
南半球の星星の首府は鳩のごとく
船首の槍出しのまつ先にとんで来た
さあ、自然の街燈はともり
南風の粧ひつくしたパイロットの
華車な帽子に雪いろの炎をあたへ
船はいよ〳〵南回帰線にはいろうと
銀河のはつらつとする風圏をつきぬけた
北と東方の憂ひをすてよ、船客ら
星縞の浴衣をあほり、日本扇をかざし
檣の下にでて鳩間ぶしなど躍りたまへ。

アハレン岬にて

浪と陸との突端にたつて
わたしは羽のついたやうな智慧を拾をうよ
晴れた三日月のやうな、ひるがへる千鳥のやうな
飛躍するものほどこの世界では美しいといふ思想を
たとへばあの白雲とならび
あの波濤と青い陸とを蹴つて
航海したり漂流したり
一切の精神をひつさげて
天色をもてる幽寂といつたやうなものにまで
翼と風との精霊たる
飛躍するものの幸福とはれやかさがなければ
とても生きてはゐられないと思ひこむでしまつたからね

石敢当(一)

想思樹の花きよらなる辻に
髪ながき褐衣の民ら亡へる世の巷つくり
石の窓辺によりくる悪鬼のともがら避けんと
もうろうたる時と空とのあやしき煙りのなかへ
幽明の世にむけてふしぎなる石の柱を建てぬ
小路の隅隅まがり角いづくの巷の奥も
花にからまれし至福の対聯を春風になびかせ
さまよへる悪鬼のごとき我れを封ぜんと
かの石敢当の石の柱を目の前に置きぬ
おお面白げなる標識の柱や
又さびしくも悲しき巷の椅子や
海より来れる漂客はその柱によりて
夢の巷の生を眺めたのしみ異境をかんじ
悪鬼のごとく笑はんとす

呵々として古き世の掟を笑はんとす

註。（一）悪鬼幽霊を避けんため、辻々の石垣に石敢当と書せる石の柱を建つ。支那式の迷信なり。琉球、九洲、或は中国の古き町々にて散見す。その起原を知らず。

異境の鬼

琉歌――おもひある中や野辺のくさやどにそでしきも二人ねらなおきゆめ

（干瀬ふし）

葉がくれに金《きむ》の瓜よさがさん
眉匂やかな乙女の首よ盗まん
宵闇の石の家に照りまとふ秋の月夜や
馴れぬ古き代の言葉にこころも暗く
毛遊《もうあそ》びもならぬ今宵の街に
大和扇いと白くして頬照りの耻しや
芭蕉いろの衣かけ、口説《くどち》などうたい
燈火けやけき茶屋御殿のぼりなば

大龍鰕《ゑび》の色よき酒盛しきつらね
国頭《くんちやん》よ山原《やんばる》よ島々に生《ま》りたる娼婦になれて
又も琉語の口早にその目笑《めはれ》あかるけれど
洒落も軽口も通ぜざれば夜の更くるも苦《くれ》しや
誰に馴れてむかしはじめの情や語らば
とも寝の曙にその夢を祝はば
旅路さびしくも石の家の巷すぎて
月夜白雲や海とぶ鷺よながめ
いつまで月に身の影よ曝らさるる

琉球娘仔歌

琉歌——しよどん㈠みやらべの雪のろの歯ぐきいつか夜のくれてみくちすわな
（しよどんふし）

その黒髪の上《へ》に瓜籠やのせて
その黒髪の上に仔豚やのせて

紅藍《べに》の花よまきつけて
赤梯梧《あかでぐ》の花よまきつけて
白珊瑚の岡《もり》歩《は》いのぼるよ
青藺の玉水おしわたるよ
げに実芭蕉かぢり、茘枝やかぢり
那覇よ首里よ石こびれ走《は》いまわり
大和船ながめ、唐船やながめ
その万寿果《ぱぱいや》の乳房うしかくし
その雪のろの歯ぐきうしかくし
こがね色よき胸はり肩はり
黄塵蹴立てて、日傘蹴立てて
身の色《ろ》おもしろや二十《はたち》みやらべ（二）
目笑れおもしろや二十みやらべ

註。（一）地名。珍らしき接吻歌。（二）娘。

やんばる（一）のちる（二）のために

琉歌──蒲葵《くば》でさの御月やまど〴〵と照ゆるよそみまどはかて忍でいまうれ
（踊蒲葵のふし）

あかがねいろに熟して
枝もたわわな若い実でもあることか
そのかたい大きい肉《ししむら》のまつたゞなかにこそ
我《わん》やらん〳〵たる天然の蜜をかんじ又あびるよ
笑ひと怒りとの荒い二つの羽をもつて
その眼、その歯の月夜のきよみを尊べ
こんなにもおちぶれ、牢屋に囚はれながら
その馬来から来た南風の女王のやうな
山原船《やんばるせん》にまる〳〵と帆装したやうな
あらしの鷲の粧ひをひろげよ、やんばるのちる
人魚の鰭とも万寿果《パパヤ》の幹ともいいやうのない
その手をひらいて満月を煽れ、今宵

檳榔染めの夕栄がとう〳〵たらりと
今無蔵《うんぢゆ》(三)の乳房を照り焚くよ、やんばるのちる

註。(一)地名。(二)鶴といふ女。(三)女への愛称。

王城跡漫歩

みつちりとした真昼の夏草をかきわければ
王女のやうにきら〳〵した倩蛇《はぶ》が手にまきつかうし
青い御門《ちやう》の石塀の陰をゆけば
あざみの棘がちく〳〵と熱い頬を刺しつぶすであらう
龍首からはあんなにもよき水はながれ
泉のほとりは月夜の色を映したやうに深いのに
昔の女詩人や王の娘たちの影は
まつ赤な午時草《ひるがほ》でもあることか
瑞聖花《さんだんくわ》の茂みにからみつきその色をかくし
とんでもない城外の畑にひよつこりと咲きむれ
名もない雑草の花とともに朽ちてしまふほかは

どうにもならない日に燃えた悒欝の城だ
せめてこの赤金の夕栄にどつぷりと濡れて
純白な牛のごとくのさ〳〵と歩いては吼へ
このひどい草叢を太古の牧場にでもしてしまひ
闘牛祭のしんきろうでも立たなければ
あまりに能のない時世の寂しさに
古城見物の探偵談も初まらないではないか

白鳥処女説話

琉歌――御船のたかともにしろどりやゐちゆんしろとややあらぬ思姉《おみない》おすじ
（白鳥ふし）

こころきよらなる若漁夫よ
夜あけ白雲とはいたち、立ちまい
百合やあかるき井《がわ》のほとりに
白鳥はおりたちて

その羽衣を若夏の水に洗ふよ
てばやとらへて妻とも思ひ遊ば
きよら天人とも思ひ抱かば
ひかり、ひかりて真昼や来り
色晴れたる日ともならば
かの女の翼よ人や盗まん
みすぎわびしき若漁夫よ
まみづすずしき青繭やわけて
夏真白なる妻をとらへよ

註。内地の羽衣伝説と同じけれどその郷土的にして天人を白鳥と観たるは琉球固有の感情なり。

祝女《のろ》の家に泊りて

まるで魔法の小屋へ客にでも来たやうだ
かんぢんの祝女もその妖婆めいた母も
七人の姉妹たちもいつこう顔をあらわさず
石屏《ひんぷん》の間から影をちら〳〵さして隠れてしまふのだ

極度の耻かしがりもかうなると妖精めいて来るではないか
水産技師と私が二個の臼のやうに静座してゐると
母屋の片隅から魔法めいた盆や茶碗がひよい〳〵あらわれてくる
やむを得ずそれをとつて黙つて御馳走になる
黒糖の塊りと支那茶と甘藷と亀の卵だ
それから裸になり海の方へ下りて星で身体を洗つてくると
門口まで羊と小馬がわれ〳〵のお伴をして来て啼くのだ
すると又いつの間にか黄色い蚊帳が座敷へとんで来てひろがつてゐるのだ
中へもぐりこんで技師から島の古事談をきいてゐると
青い芭蕉の実がざわ〳〵、豚が眠れ〳〵とうめくので
外を見ると石垣の上に黒い玉がひか〳〵ならむでゐる
「君、島の娘が覗きに来てゐるのさ、眼だよ、黒い眼だよ。」
「どれ一つ海鳥をつかまへて来てやらう」
「とても、とてもつかまりつこはない、娘どもには羽があるよ。眠《ね》よう、眠よう。
明日は刳舟で十八海里帆走しなくちやならない。」
「僕にはとても眠れない。」
「君はもうやられたのか、この島の蚤は嘘を云へば紅石《ルビー》のやうに大きいのだ。」

八重山乙女

琉歌――天の群れ星や皆うへど照ゆるこがね三つ星や我うへど照ゆる
（オリオンの歌ならん）

宵々にオリオンの真下にたちて
ペリカンのくる南風にあほられ
紅樹の木影に相思子の首飾り編む娘ら
巷の薫りを知らず、雪を感せず
こゝには黄金もないし武器とてもない
せめては黄金三つ星の
きよらなる宵の大気の笛ききて
古き波照間のふしうたい
黒髪照るままに、思ひ熱するままに
月夜真白き帆船を恋する娘ら
波濤の中の、水と気の世界との
若夏色よき喜びの扇うちひらく娘ら

オリオンのよにうちならぶ娘ら

南方哀詞

まつしろな鷺にでもなつてしまをうではないか
こころがつかれると夏服もおもたいし
青いヘルメツトの庇から百合を眺めると
今宵の月のいろがまぶしすぎるだろうよ
一人ぼつちで涙ぐむだとて何にもなるまいし
そうかといつてうれしくも悲しくもないのだ
雲のかたまりのやうに何にも思ひたくないのだ
そこで鷺のやうにまつしろに瘦せて
一本の白骨と化ける事は何でもない事だ
その白骨の先にハンケチをしばりつけて
ひら〳〵と風にふかれるところを
せめて鷺と百合のやうに想像されればうれしいよ

色気はなれた洒落が見つかつたやうにうれしいよ

より紅き仇花に

僕のやうな男が南のあかるい島へ来て
月の出とともに娘等をあつめ
遊びまはつてゐるとでも思ふかい
花は多い色はあかい
僕はきれいな本のページをくるやうに
いつもあたらしい所へ進むで行くよ
だが僕の枕、僕の木陰は
恐ろしい虫けらでいつぱいになり
ほんのりしたおまへといふものの情愛の下にとぶ
僕はその巣から出て紅い仇花を見るために
真夏の海をとぶ鳥でなくて何だらう
とべるだけとんで秋にでもなると

どんな鳥でも翼はくたびれてしまう
その時やその夕方に
どんな匂ひのよい花があつたからとて
まさか疲労を癒す煙草のけむりにもならないではないか

先閣列島

ここまでつれて来た飼主はとうの昔
断崖の石ころの下で鱶の骨や青海綿といつしよに
きれいな白骨となつて鹹に曝されてゐるのに
むき出しの岩の上では三毛も赤斑の猫も
すつかり野生にかつてとびあるき
まきかへす黒潮の怒濤にむかつて
啼いたり戯れ狂ふ月夜の無人島を想像するがよい
この島にのこつた漂流漁夫の二疋の猫が子を生み
むらがりよつて産卵する信天翁の敵となり

爪と嘴のふしぎな戦争画をくりひろげた
真白な鳥糞と青空に区切られる島の突端が
まるで虎猫どもの露台となつてしまひ
こんどの夏には猫と蛇との一騎打が初まろうといふ処へ
行つて見たいと思ふ人はまづ銃をもつて
小屋の穴から小さい虎を撃つ稽古をしたまへ
それでなければこの海鳥の小王国はやがて滅亡してしまふのだ

『颶風の眼』

村々の最端

東部日本の
いきいきした息子や娘にとつて

村村の東の最端は
はつらつたる波濤の壁や
海の電気をつらねたる
太平洋の、世界で最も古い、そして新らしい
心霊を歩ませるところの
颪と喜びの遊歩場である

村の地平線も境界線も
みんなあざやかな一月の浪のシーツで繰られ
海岸に立つて、生活する男や女にとつて
こゝは青空と海原の
天の中央にある生の舞台
そしてふしぎな憧れをもつて出発する
星と新月の街道の端である

おおかれ等はここに
その美しい地上の最極点に

はなばなしい朝の焚火を置いたり
水の木靴のやうな船をならべ
青天と海とを祭る
太洋の人種としての、その歓喜も正直な力も
自然のままにすてて置く

　黄金色の息子よ、娘よ
わたしも一歩先きに、その村の東の最端の岩に
わたしの新らしい詩と力とを喜むで置くものだ
海鳥の嘴のある、するどい鳴声のある
海の最中に
君達はわたしをたすけ
お互ひの仕事をしたり舞踏する日を
波濤の新聞の上で発表しよう

　わたしは太平洋の若者と呼ばれる事が
わたしの血にとつて無上の名誉にしたい

黒鶫や野鴨なぞの
水とほのかな小音楽者を引つれて
籔の中からとび出したり
日光と月の光の発射地点に立つて
われわれの村から
天然の栄誉を受けたいのだ

わたしはシヤツとはだしの
青天の人種で
この村の最端を汚すものの敵だ
都市や町の幽霊を恋する者の反対者だ
そしてわたしは
この村にある最も古く強く
そして清きものの友達だ

美しい村の城砦、弾力ある風の言葉のふるところ
われわれ古代東洋の

真珠採集夫の子は
この新らしい実在の、善と花との境界を
血と精神によつて監視してゐる
われわれはここに立つて
万象の朝焼け
日没の大空の華を招いて生きる

　且つてその名もなく、又発見されない
多くの気流、海流、太洋の動物等の
そののろい深紫の闇の生活から
はつきりと透明の日の上に舞ひ出たもの
おおわれわれの喜び
新らしい自然の城の子供等よ
その村村の東の最端を持て
健康な顔に暁の淡紅色の光線が
鏡か火の矢のやうに照りかがやく所
地球が自ら廻つてゆき

鮮麗なる引力を瀧のやうに発散するこの海岸を

颶風の眼

このもうろうたる海のただなかに
梨倶吠陀《リグベーダ》以前の古い魔の園があらはれ
しかも十五六哩にわたる波濤の丘陵のかげに
うねうねとひろがつてゐると誰に信じさせる事が出来よう
船員どもは魂魄をすててしまつたやうに
網索で太砲のやうに身体を船橋と檣桁にしばりつけ
眠りの城の番兵のやうにぐつたりしてゐるし
さんざ風浪とたたかつて檣が波頂にかくれた大騒擾が
ぱつたりとなくなつてへんに白い幽霊のやうな船の凡てが
よろよろとしてこの颶風の眼のなかに迷ひこんだ。

陸をなくしてしまつた気ちがひの大管絃楽家はどこへ行つたらう

この気味のわるいほどしづかな太洋の大気の壁に
熱帯風な颶風をまきつけた円い世界が
何の音もなければ力もない、帆も綱もない
雲と霧がへんにまきついてゐるあたりから
二重に映る太陽らしいものがとんでゐるし
又こつちにはいつの間にやら二つの眼をもつた月が
くるくると卵子のやうに廻つてゐるあたり
磁石はうごかず、南極星が横の方から
色つぽい光を引いて空中に模様をかいてゐるし
星が葡萄の蔓のやうに尾をひいて廻つてゐる

　もう温暖もわからない、風位盤も動きやうがないのに
印度あたりの蝶と蝗の群れがひらひら降つてくるし
どこかの港の果実までが雲の中から落ちてきて
珍らしい小鳥が船首の階段をあるいてゐる
甲板と通風管のあたりは亜剌比亜の白昼で
影の濃い人物や獣がぞろぞろ通つてくるのは

どこかの蜃気楼がやぶれて雲間から流れおちるのだ

　こんな世界の異象をつくる女神は誰であらう
死でもなければ絶望でもない、さればといつて救はれるのか
又あのはげしい颶風圏の髪にふれたなら
こんどこそは太洋の高山風な雪の濤に
あやめもわかず吹きとばされてしまふのだ
狂気のやうな気象の美しさ
なんといふへんな神話がかつた航海だらう
波斯風な魔の園にゐる白象の船が
百花照りまさる波濤の雲の中におぼれてゐる
たしか今日はいつで、今太平洋のどこにゐるのか
もう推進機も羅針盤も答へやうがない
骨牌はどこへやつたらう、酒もどこへ行つたらう
といつたところでみんな何も欲しくはない
夢見るにはあまりやつれた男どもが

恐怖の地獄の夕栄をながめて笑ひはじめる
可哀相に新米のボーイは港についた気で
虹に染まつた小鳥をつかまへて吃驚してゐる
機関長！　もう二時間もかうしてゐてよいのですか
いつたい此颶風の眼はどうなるのでせう

太平洋に

小さい港の街上で
希望と夢想をこきまぜながら
寂しい胸を太平洋にながしたい

あかるいあかるい世界の広場へ
星と花との波濤の祭場へ
両手の檣たてて
郵便船のやうに行つて見たい

何の冒険心も砂金熱もなく
海の漂流人の帽子をかむり
日本のたんぽぽを一輪ちぎつて
太平洋をわたりたい

南の大気よ、子午線の帆よ
港のさびしい世捨人を
青い夢のシーツでつつむでくれ

秘密の花の樹よ、夜の白鳥よ
おまへもゴロツキもみんな来い
この大きい星の建物にあつまつてくれ

太平洋には幽霊も、大きい鐘も
日本の神神の船もあるはずだ
ただわれわれにないのは

花や旗でつくられた喜びの船だ

　俺は今それをつくらう
太平洋の無名の霊よ、手をかしてくれ
美麗な母国語でつづられた船首飾りと
よい船長と真実の舵手を
おれはもう見つけ出した

　帆を張れ、希望と喜びの船乗よ
われわれは船さへつくればよい
太平洋の華美幽大な天体が
われわれの船を待ちこがれてゐるうちに

横　浜　港

僕の母だ、ふるめかしい羅馬字つづりの横浜港！

軽気球のあがつた少年時代の夢の背景に
のろりのろりとでてくる跛足のイギリス乞食や
香柑《マンダレン》を頭にのせた黒んぼの物うり
チヤブ屋女が自転車にのつたり
競馬の赤い騎士が公園で宙がへりをする
ふしぎな東海岸の移民地
街角の肉屋に幽霊がでて
亜米利加独立祭の卓上の花火をたべる
はるか南は南阿、ブラジル
売られて来た象が幕をかぶつてあがつてくるやら
鳳梨とマンゴが給仕の前垂れからころがりでる
海角のホテルが支那人の鴉片の煙のなかに
へんな街燈をつけて三角派の画をかく
僕のこひ人の港、仲間の港
巴丹杏いろの横浜むすめに一生たたられて
いまでもふらりふらりとしたボヘミアンの一隊が
さびしい移民隊の女子供を南風につつむ

あの古風な桟橋の、霧をもつた白い幻が
布哇《ハワイ》がへりの娼婦や土耳古《トルコ》の赤い火夫の眼を
ひらひらひらめかす山手の風車だ
この東邦のぽつかりした夢いろの港が
僕の小児をふくみ、婦をふくみ
異様な犯罪をかくしてくれる暴風の外套だ
あの裁判所と市役所と墓地とに
わかい春の日は埋められ、刺繍されて
場末の夜の白鳥が泣いて死むでゆく港
いつかここから飛行する太平洋の熱望が
そのまま波止場の紙屑にまぎれて
年をとつた、僕の背広が檣にぶらさがり
強風の信号にでもなる時に
横浜港よ、あなたは母だ
まつ黒に煤けた手をあげて築港の波濤をたたきながら
次ぎ次ぎにくる時代の扇をひらいてくれ

『トランシット』(経緯儀)

龍

売文幾年
詩人四十なり、いかにあるべき
世を蹶つて起ち、闘ひつ
四十にして初めて何ものかを感ず
老怪なる電力の如きものを感ず
この木枯しの月明に
所詮老いたる妻と添寝して朽つべき乎
今宵、ペンは氷り、紙は雪を展ぐ
文字は維草の如く生ひ茂り
遂に行き行きてあやめもわかず
われ、必死の爪たて、

いづくにか攀ぢのぼらんと
切々の歯を鳴らす
あゝ、寒夜の火を啖はんとするは誰ぞ
電力の如く星辰をつかまんとするは誰ぞ

冬、人は凄然と在る
その貧しき軒昂の中に居る
圭角逆立ち、眉は醜くうねる
龍、龍、幽韻撃ち響きて
筆勢一ト度び龍となり
無窮の火と水を潜らずしてあるべきや

妻を餓えしむるはよし
家と書を焼き払はんもよし
髪吹き千切つて野を馳り
凛々たる冬を見、石を見んか
世界の朗々碧々たるを知るに

水の清研たるを知るに
又日没の奇しき眼のカッと開かれて
われを射すくむるを知る要あらんや
この茅屋、この藪の奥に
醒然とあらはるゝ北風に
われ、懼然と立つ、立つて北方を向く
一点、額に魁偉なる北斗を置かんと

世に龍の如き人のあるべしや
龍をふくめる新意の書あるべしや
古の皇帝、老君は知らず
この鉄と電とコンクリートの中に
あたらしき龍のあるべしや
龍を見るの意欲あるべしや
泣かんと欲して泣けず
われ、吠えんとす
野犬の如く吠えんとす

詩人四十にして、遂に何者とも成らざりしと。

必死の男

わづか三尺の窓内にありて
このあめつちをつかまんと
必死の男あるなり

外にはよその子等あそび
をみなは夕餉にいそがしく
世のさまのふしぎもなし

されど何故に肉を穿ち
骨を削りつくして
紙にインクをちりばめんとするや

をみなは貯金をすゝめ
彼は又その魂を千切りつゝ
文字を裂きて売らんとすなり

彼は四十にして更に
千仭の断崖をよぢんとす
あはれ、蠅の如くよぢんとす

みよ、銀河は南よりながれ
あたらしきよき塩ふりて
汚れたる頭を刺さんとかゞやく

ああ、あめつち遂に何者ぞ
今の世に千年の詩文あるべしや
秋は方《まさ》に寒からんとす

あはれ、三尺の窓内にありて

あめつちの骨しつつかまんと
必死の男あるなり。

千年の月

月が出てゐる
古い蒙古の空に
千年の昔からあらはれてゐる
千哩から歩いて来た私も
やつぱりその下に座つてゐる
横にいくら歩いて来たとて
千年といふ峻峰にはよづべくもないが。

しかし千年の美は露にしたゝり
手にとるやうにあたらしい
その中に座つて

私はうつ〳〵と雲霧の中に遊ぶ
郷土を思ひ、女房をおもひ
鮮かに切断された風雨を見物する

ものの奥まで沁み透す
もの凄い月を把持して
私はうしろを見る、地平を見る
そこには又千年の乱峰がそびへ
美しい鶴がとび
熱砂の中に千年の都市が起き上る

こいつは何だ
剣を千年にして神去るといふ
この茫々たる相剋は何だ
詩神よ
微塵の私を激襲してくれるな
千年の月は、高々とあらはれてゐる。

琉球の雨

佗びしいにつけ、憂欝すぎるにつけ、誰の詩集にも四季の雨が声高に、少し仰々しくさへ歌はれてゐるのに、僕のにはそれがないのだ。

君には雨がわからないのか、ときかれると僕は吃驚する。僕は雨がうれしい。あの匂ひとあのしめやかな、又は燦々たる、蕭々たる、欝々たる、色とひびきが胸のなかの、自身意識されないまでの深さに於て、へんにすきでうれしい。僕は雨の詩をかいた。しかし一つも成功したのがないといふ理由。

雨の淡さ、細かさ、ひびき、春と秋とのひろがり、気芬、ぐるり、生の半面を霞ませる雨、横降りに、細引のやうに、又は濛々として、夜の、暁の、しかも春と夏との花と葉にふるあの匂ひ、あの思ひ、僕は雨を女房のやうに思ふのがうれしい。

といつたところで、誰に雨のほんものの感じが云へよう。まあそつと坐つて、ゆつくり自身のまはりの大気や色あひを、胸にふくませて、それから好きな景色を置くより仕方がない。温泉場の谿あひに、街の高層に、田の畦に、または柳や卯の花垣の、みづきや初夏の火どめの花、或ひは夜の半面の彩り、酒中の雨、古庭の雨、寺の雨、眠りの中の雨、眼ざめとうつつの雨、娘たちの、老いたる日の、孤独の、泥濘や山の中の雨、どんなに紙面があつてもそれは書き尽せまい。

が、僕にも一つの雨の詩がある。一昨年琉球で十二三日降りこめられた。五月から六月の、無為と気だるいあの雨季の中を、僕はわざと雨雲の下に寝ころんだやうなものだつた。動きようがない。那覇の港の波の上といふ所にゐた。窓から見る庭の空に万寿果《パパヤ》の青い乳房がたれて、赤梧桐の緋の葉、朱いろの仏桑花、淡い天人花が咲いて、唐竹の叢が颯と屏風をつくつてゐた。外面は龍骨木と龍舌蘭の青いとげ〳〵の垣だつた。

僕は寝莚に、黄金塗りで赤い張子の支那枕、芭蕉布の衣をきて、阿旦の葉扇《オーヂヤ》で胸をはた〳〵。天井の壁虎が、暁に、とんだ葦中の行々子を真似るのも気味悪く、家のまはりの水甕の孑孒《ぼうふら》が大きくなるのと、琉球語の稽古が進まないのとに、すつかり気を腐らして逗留した。食べ物は糸瓜《ラベラー》の酢味噌、苦瓜《ゴーヤ》の汁、大蝦《えび》と豚の耳や蹄、猜蛇鰻《ヤラブー》はうまかつた。百年の泡盛が僕を雨の賓人にした。古い支那冊封船の大蓬に、夢の月橘が匂つた。真昼の羅星図を胸に画いた。僕は眠つた。

伊集《いしう》の花《はな》（椿）やあん清《ちゆ》らさ咲《さ》ちゆい、我身《わみ》も伊集のごとましら（真白《まつしろ》）咲かな……
十六の尾類《ぢゆり》（遊女）が蛇皮線をかき鳴らした。作田ぶし波照間ぶし、僕の好きな鳩間ぶし……

鳩間中岡《なかもり》走《は》いのぼり
蒲葵《くば》の下《した》走《は》いのぼり
美《かい》しや生《む》いたる岡《もり》の蒲葵
立派《ちゆら》さ列《つ》れたる頂《ちゞ》の蒲葵——

雨季の鳥だつた。色が更紋をつくる上布の膝も仏像めいて、釵《かんざし》を挿したゐぼじり巻、梳くと鞭のやうになる髪は漆の雨だ。皮膚が少し黄金、やんはる（地名）の鶴といふ。僕も人も彼女を、ちるちると大声に呼ぶ。諾《ウー》と答へて無邪気だつた。僕はとんだポール・ゴーガン、画筆のない僕は琉歌の本のページに、うろ覚えの古語で詩を書きちらした。雨中点心といふ。

小窓ひらきて
いつぱいに栴檀《せんだん》の花の雨を見やらば

芬《ふん》として、絶《た》えなんとして
消《き》えやらぬ空の薫りによ
湯をたぎり、支那茶いれ
ほの青き泡やすすり
古器の曇りも花白く
この昼まへきよき長雨に
首里のむかしを忍び召《め》しやうれ
あまりに竹や小庭の風に堪へなば
琴やひき大和扇《やまとあふぎ》ひらきて
昔組踊《むかしくみをどり》よ目にうかべ
門《ちやう》の童子《どうじ》らが雨だれの音《おと》を
傘《かさ》にうけて遊《あそ》ぶその声《こゑ》きかば
すぎし唐船《からふね》の楽《がく》とも思ひたぼうれの

今までに雨の詩はこれ一つ——全く雨は組躍（琉球古戯曲）女人雑躍《アンガーモイ》の譜であつた。支那茶と酒壺を離さず琴と蛇皮線が昼も無為の戸に鳴りつゞけた。海は黄の泡、台湾鳩が赤い屋根に啼いて、阿旦葉の横吹きのする雨、又雨、僕は榕樹のやうに枝から毛根をたらし、青い檳榔のやうにしよんぼりした。何の因果だらう。いつそこの琉球娘と生涯の半面を亜熱帯の雨で塗つてしまはうか、いやいやそれでゐて晴天の帆の色を待ち、若夏《わかなつ》の風を待つてゐる。いつ八重山諸島へ行かれることか……。若夏になれば心うかされて、たま水におりて髪洗《かしらあらふ》は

尾類も朝毎《あさごと》に、あかるい六月の歌を唄つて、その丈余《ぜうよ》もある髪の鞭を、窓から万寿果《パパヤ》の葉《は》にうちかけるのだつた。

寂漠の家

いつも散歩に行く度に、私は田舎のお寺が好きになる。それも名のない草深いお寺に限つて、ふしぎに芸術的なひびきがあつて、何とも云へずなつかしいやうに思へてくる。宗教的な見地を離れて、今の日本ではこんなによい人の住家があらうかしらとも考へる。花のある寺、夕暮の寺、そして雪の寺なぞと想像してさへうれしくなるのである。

宗教はまだ歴史と回想の頁に残つてゐやう。しかもその夕栄えは、かすかにまだ地に映り栄えてゐる。しかし今日の人にはもう寺院は古い死の旅館にすぎない。この非現実的に大きい無用の建築は、よい美術と歴史とをもたない限り保存されさうにもない。しかも猶田舎にはその宗派と檀徒によつて、この寂漠の家は立派に存在してゐる。いかに僧侶が人事百般の秘書役を勉めなくなつても、まだ山林や籔や空地にくるまつてその形骸を保つてゐる。私にはその宗教的残光を別にしても、この今時ひとり山野に青々と存在してゐる寺といふものが、うれしくなつかしいものに思へるのだ。

　第一によく注意して見ると、寺はその村でも一番よい地位をとつてゐることである。開祖が自然を看る眼をよくもつてゐて、山に谿に丘に野に、人に先じて寺を建立したといふことを感ずる。従つて寺はその村の自然の観測台であるとも謂へる。寺といふ一つの精神をより木深い山深い自然の寂寥の中へ持つて行つたといふことは意味のあることである。即ち心霊の置場を考へたのだ。死の祭壇のあるべき位置を直感してのことであらうと思ふ。第二には今時私たちがいくら家を欲してゐても、こんなに草深い自然の手につつまれたものが、即刻には出来ないといふことである。そのはるあきの彩管でその風や霜の手で、がつちりと木々を組み草を編むだ自然の棲家といふものが、決して容易には得られないといふことである。私達はそこで死の経典やら歴史を読むといふよりも、その寂寞に解き放される自身の霊魂と、庭や木石に泌みてゐる四季の美を第一に読む。木々の年齢、石の苔、風の色、その中にこそ竹を置き、花をちらし、水を迸らせながら、大きいもの、調和と年代が繰り返す自然の歴史を会得する。そして最後には、こういふ所にこそよき芸術の精神を置いて、静かな大有機体の運動を眺め、燃ゆる頭を沈潜さして、よい感情と魂との調整をしようと願ふのである。

　殊にこの頃はどこの寺でもすつかり冬ざれてゐる。冬といふものはあらゆる人事の美を見飽きた熱い眼にとつて、この上ない寂びの美しさを示すものである。そして冬は老年の美ではない。尠くとも中温帯の冬は青いものである。幼青なるものである。霜や氷の美しさは時間の花で、いつでも水や雲は色づいたり変化したり、冬ざれの庭を往来する。寺はその中で月に射られたり闇にとりかこまれて一穂の灯影のやうに春を待つてゐる。その寺内の樹といふ樹は落葉しても、まだ冬青科のやつが花をさへつけてゐる。山茶花でも柊でも石蕗でも、午前中なら冬中の春を帯びて凄艶ですらある。その籔陰や丘の陰といふものは、いつも南方に開けて温い。寺は鳥のやうにそこに蹐つてゐる。冬の日の寺といふものは、想像外に賑かな明るいものである。花虻や稀には蝶さへやつて来やう。そこにゐると次第に身についた雑音が寂寥に洗ひ落されるだけでもよい。自然といふものはいつも鋭い清研なひゞきをもつてゐるものである。私たちの精神はそこで雑音を離れ、一種堪え難き離情を感じてから、全く生新に鳴るやうになるものである。そのひびきが即ち寺の精神である。しん〳〵たるものの錯漠の音楽に私たちはおのづと少さい自我を解き放たれるやうになる。いつの間にか眼を天へ向ける。そして樹や風や冬さびたもの、色あひとともに、一種非情的な平和の中へ浴するやうになるのだ。

さういふお寺が私は好きである。いつも田舎へ散歩に行く度に、あいふお寺に自由に住まれたらさぞよいであらうと思ふ。冬の一夜を静かに語りあつたら、どんなによい友達が出来るだらうと考へるのである。

夜遊人

故人になられたからといつて、すぐ古典的な例をもつてくるつもりではないが、文選の古い詩に、

生年百に満たず
千歳の憂を懐く
昼短く苦夜長し
何ぞ燭を秉つて遊ばざる。

といふのがある。その意味で東坡も、夜遊びする時は五十年生きて百年生きるに同じ、といふやうなことを云つてゐる。終夜灯をかゝげて書に対することは、古人と遊び世界の心を遊歴することである。芥川氏はその読書人であつた。そして燭を秉つて古今に遊歴する夜遊人であつた。従つてとう〳〵夜は氏を殺した。氏は夜のために死なれた。それを私は今襟を正して考へたいと思ふ。

氏は明敏で白晳百合のやうな人であつた。氏の仕事を見ると、幼にして学ぶ者は日の出の光りの如し、といふやうな感じがするし、その人を見ると又、老ひて学ぶものは灯をとりて夜行くが如し、といふやうな感じもした。氏を見ると氏に対する第一の恐ろしさは、その病的にまで高邁な読書心であつた。生前四五回しか面識がなかつたが、若くして氏ほどの学究心のある、又凄いまでに頭のよい読書人を私は知らなかつた。それに対して私は、常に親しき敵愾心すら抱いてゐた。

『一度逢つたことのある人に逢ふと、つい此方からひよいと会釈してしまふが、先方がそれを感じないと腹が立つ。』と云はれたほど氏は江戸前に砕けて人に接しられた。それがために又此方も、さうして氏を労させるのに恐縮して短時間に引上げた。その気兼ねと遠慮はかへつてお無沙汰を生むだかもしれない。しかし神経衰弱のためか、昼短く苦夜長しといふ影がどこかについてゐられるやうで、此方の野生的な気持ですら堪えられなかつた。そして只下島氏と室生氏とが対座してゐられる時のみ、いかにも心閑外事なしといふ風に見えて、床しい心持がした時のことを偲むでゐる。

さういふ感じで、芥川氏はよい意味の夜を遊びすぎ、夜に災されたといふ感じがする。氏にとつてその三十六年の生涯は、きつと三百六十年の苦夜であつたかも知れない。又その漠とした不安であつたかも知れない。何しても氏の青眼は夜に向つて開きすぎ、その光りは人生と芸術の背後に徹してしまつたことは確かだ。やはり聡明すぎたためと思ふ。

原野へでて百合を見てゐるといつともなく氏のことを思ふ。そして寂然として口誦むことは、

相見えん事期なし

只是れ書疏をもつて面に充つべし。

といふ句である。私は氏の『支那紀行』の明快さに惚れてゐる。そして今百合の秋風にむかつて、誄として氏へ捧ぐるの詩を案じてゐる。

道路について

1

道路といふものはいつも私をかなり神経質にする日常の大きい問題だ。どんな日でも殆ど外出しない事のない私にとつては、路はその日の気分を清めたり明るくしてくれる密接な友達である。私は路上にでて初めて私そのものを日光のもとに認識する。大きく云へば世界を展望し、その日の風と雲と日の光を思ふままに受用する。風の吹きぐあひ日のあたり加減、四季のいろやかな明暗を観察しながら、知らず知らず路上の詩人となり住人になる。路は詩人にとつての母だ、街道をゆくもの、漂流するものにとつてもさうであるやうに、私のやうな用のない時でも路上をさまよふ者にとつては、路ほどうれしいたのしい場所はない。そこはほんとうに世界への出発点である。

家をでるともう路は歩行するにつれて刻々とかはる。近所の人がちら〳〵してゐるかと思ふと見知らぬ人々がやつてくる。路が曲り角になつて初めて風の方位がわかり、時間によつてなり又雨につけ曇りにつけあたりの風物の色が変化する。木立、垣、家並、田圃、畑、川、藪がでて来てその時間、その晴れ曇りの特殊な色調をひらいてくれる。寧ろ世界へ向つて路は展かれ、自由な濃い空気が気ままに流れてゐる。私たちはそこへでて初めて個人としての感情を解放される。家とか地位とか家族とかにわずらはされ勝ちであつた心が、のびのびとおのが影を楽しみ、一人の運命のぐるりを眺め、その日の吉凶をうすうす発見する。路上にでたら一時でもよいから凡てを忘れるがよい。感覚も感情もさらりと風に洗濯させるがよい。それから改めてその日の自分をとりもどし、用事のある人は用事を遂行するがよいし、その日の仕事にかかつてどこへなりと進むがよい。路上にあつていつも己れを解放してゐるのはただ古くから散歩する者だけである。人はその自由な四肢と精神の解放される散歩を昔から愛してゐる。何らの理由も心もない人々ですら、犬をつれたり小児をつれて歩いてゐる。歩くことが歩くことをたのしませる。さういふ時に路は生きたパノラマであり長い遊園地である。庭ももたない貧しい人でも路上にあれば路の王であり主人である。彼は両の手に自由をもち、心を大きくふくらまして新らしく呼吸する。風と時とが描く光の模様を鑑賞する。まして喜びのある人、悲しみのある人、愁ひのある人にも、路はおとなしくしつとりしてゐる。人はさまぐ\の心と、さまぐ\の意味を踏むであるく。早く、遅く、自由に、逃げるやうに、追ひつくやうにあるく。そしてそれはまた悲劇とも喜劇とも名のつけられない境地にゐることであつて、その人の自由の姿と運命のやうに神秘なものに導かれてゐる。故に路は自由の友である神秘の入口であるといつても差支へがない事になる。かれは私たちをたのしましめ喜ばしめる自然への静かな階段であり、また世界を心のままに交通せしめる天然のあかるい川であるとも云へる。

2

といふことはホイットマンの「大道の歌」以来誰にも感じられる筈の、それが抽象的にも現実的にも通ずるあかるい事実である。しかし東京の近くにゐる私たちにとつて、この頃の路はかなりに神経と靴とを苦しめる刑場に等しくなつて来たといふことを、私は私と同じ苦しみを見てゐる人々に訴へたいのだ。

私たち都会のまはりにゐる者は、もう何十年となく味もそつ気もない迷惑な道路に悩まされて来た。震災後の東京は又この騒ぎで何年苦しむ事であらう。私たちは又この先それを見なければならず、徒らに外国模倣の新道路にいぢめられるのだ。今は日本の道路地獄である。私たちと時代を同じうするものは誰れも彼も遂に「善き日本の路」の建設を見ずして死むでしまうであらう。情ない事である。さびしい事である。そして私たちは郊外の霜どけ路とあたらしい面白くもをかしくもない悪い路で、車輪にかけられた犬のやうに斃死しなければならないのだらうか。

やむなく路といへば私たちは昔の路をさがして、それを慕ひ愛するより路に対する方法がない。有難いことに世はまだ古い美しい路を市の悪技師どもに与へ惜しむでゐる。工費の不足から昔のままに放擲されてゐる路が沢山ある。私たちはあきらめてその古い日本の国道、県道、里道、村道、廃道、旧道を愛するにとどめよう。私に時と金があるなら日本のその古い街道を隈なく歩いて見たい、とても進んで街道のへんな美学や力学を説くこともならず、又所謂私たちにはその実設問題に口は入れられないのだから——私はそんな悲しみを抱いて毎日歩いてゐる。歩けば私は空想家だ。そんな功利的な改築不平論をさらりと忘れてしまつて、どんなつまらない村道にゐても、その路の影ゆるやかな興味に浸つて、私自身の感情と夢とを思ふが儘に遊ばせさまよふ事が出来る。私は目をふさいで停車場附近、新住宅附近を通りぬける。そして半日なり二三時間なり旧道や村道をあるき廻るのがたのしみである。幸ひ東京の西方や南方にはるい〳〵たる樹があり丘があり畑がある。目黒の奥、千住の果て、大宮附近、又は横浜の西方もよい。さらに神奈川、埼玉、千葉の三県には、十年歩いても歩ききれないよい路が、花の蔓のやうに沢山捲きついてゐる。私たちは一生どうやらそこで楽しめるであらう。そして時々遠い旅をした折には他国の名のある古い街道を見て歩かうと思つてゐる。友よ、東京は震災であくまで道路に苦しむがいい。私たちは当分村の路で辛棒しよう。又精神からいつても、それが身に相応してゐるといふことが、私たちを安らかに歩ましめる唯一の慰めであるから。

3

昨日、私は友だちと多摩川のほとりを歩きながら、今まで気にもしなかつた一つの路をふと発見して喜びあつた。

それは砂利舟を川上に曳きあぐるために自然に出来た「曳き船の路」である。何といふ隠れた愛らしい路であらう。うね〳〵と見え隠れに川とならむで尽きることなくつゞいてゐる、そこは二人と肩をならべては歩けないのだ。若いものの絵にあるやうに、一人の男が長い綱を身にまきつけて、ながい春秋の日をゆる〳〵と船を曳きのぼる路である。いつもシャツ一枚にはだしのまま黙々として歩む生業の路である。誰か涙なくしてこの隠れた淋しい路を慕つて歩けよう。そこは旅行者も歩かない漂流者もあるかない、ただ一人の砂の砂利掘りときり〴〵すや蝗や蛇のあるく路である。路といふ路ではなく、いつも芒や葭や茅雑草におひかぶされ、誰の眼にもそんな路があるとは気がつかない路である。

友達と私ははだしになつて長いことその路を歩いた。多摩川の北岸にはこの路が七八哩もつづいてゐる。そこで私たちはあたらしい川の眺めをほしいままに貪ることが出来た。川を見ることは一つの自然の路を見る事である。川は決して人工のまゝには流れはしない。水は自然の力をよろこび、人工にそむいて川自身の路を歩くからである。川こそその地形にとつての真の路である。悪く掘つた川は死ぬ。よく掘られた川は生きてゐる。この頃の直線一点張りの耕地整理の川が少しも流れず、曲りくねつて埋かけてゐる昔の百姓たちの川があふれるやうに流れてゐるのを見てもわからう。川は一本調子の整理を喜ばない。川は自然の屈折と曲りくねりによつて勢ひづく、路もその通りである。新道路の一直線にあつては、どんな辛棒づよい旅行者でも散歩者でもあきてしまふであらう。現に私たちは耕地整理の直線的な路には弱つてゐる。川も路も実際にばかり就くものでなく、人も只に便利と実利にのみ就くものでない。どんなに不経済な廻りくどいやうな昔の路でも、今いふ川の理に基づいて出来てゐる。その土地を流れる川と共に、その山や丘や畑について路は流れてゐる。さう正しく田舎路は流れてゐるのである。自然の風物に押されて流れてゐる。すこしも自然に逆らふ事なく優しくたのしく出来あがつてゐる。それに引かへ新道路は実利一点張である。天然にさからひ村にさからつてそれを遂行してゐる。私達はそれを目のあたりに見て村々を歩いた。この特殊な「曳き船の路」から眺めると実にそれがよくわかる。私たちは路の歴史を考へ生命を云々して歩いた。今の設計者の頭から見れば実に不自然きはまるやうなこの狭い莿の路も、川の生業者川の理の展望者から見れば全く自然である。足は傷つき衣は野ばらにからまれ、石の路をよぢ胸まで芒に没して歩きながらも決して川に逆はうとはしない。そして幅一呎ばかり、両の足が、やつと相互にかはるくらゐの尺度をもつて、うね〳〵とつづき、笹の中、芒、葭、砂の上といへどもはつきりとして路の印象がついてゐる。何といふ不自然の自然、忍耐ぶかい平和な路であらう。路にはそれだけの困難と労苦があつてその生命をつづけてゐるのである。そして自然の風致と一致し必要と永久の忍耐とをもつて成立つものでなくて何であらう。

4

もう一つは海岸の路と山道とを見ればさらによくわかるであらう。

古い街道、そのほか小さい里道にしたところで、必ず山道は谿川について出来あがつてゐる。高みから低いところへ水の落ちる理をとつて、曲りくねりながら姿おもしろくその長い帯をつけてゐる。山道のおもしろさはそこにある。千仭の巌壁をめぐつて谿川を見おろし、一座の山を堂々めぐりして次の山腹へ出る。いかな悪技師も山を穿つて例の直線の意志を貫かうとはしない。路は気ながく山の姿に並び谿に従つて通ぜられる。海岸もさうである。突出した岬をめぐり凹める湾をめぐつて路がついてゐる。まま鑿道を造りトンネルが出来てゐるものの、路は所詮自然に勝たれない事を承認してかゝつてゐる。然るに村の路、平地となると技師どもは只直線一点張の暴威を振ふ。距離が短く経費が安いといふ一点であたら古い村を新らしく裂き割ることを何とも思つてはゐない。凡てが鉄道的、自動車的で、この東西の狭い、中央に山脈のある日本を、只車道としてのみ考へ、歩道として、風流の致として、日本特有の風致を配して愛することを忘れてゐる。鉄道は疾走的のものであるから、どんな山中、又は村、谿、平地をも瞬間に馳けぬけるのもよからう。そして今まで街道で見る事の出来なかつた山腹や深林を展望し俯瞰して、新らしき風景の切断面を発見せしめるであらう。車窓の眺めについては全く歩行の眺めと別種のものであるから暫くあづからう。私は今又局部的ではあるが懐かしい村の路について帰へらねばならぬ。

5

路を愛する者にとつては、その路が古いといふ事が大きい深い美の要素になる。どの筋に日出が見出され、どのあたりを月が航海するかといふことと、路それ自らの自然の苔をよろこび、路が描く品格と風致を目的にして歩くのだ。路は風韻そのものである。いかなる墨画筆蹟よりも青々として天然図の気凜があつて、しかも漠々として彩管も及ばぬ朝暮の燦光の中に没してゐる路は四季に彩られた自然の形象文字である。文物のすすまなかつた祖先時代からの長い苦労と必要とにせまられて、いろ〳〵の人々に昔から踏み馴らされた足跡の連続である。かれ等は村をつくり都へ通ひ、路にひたとその精神をつけて生活して来た。路は生の舞台であり港であつた。車馬を通じて郡を造り県を境して他国と交融した。山を裂き川を渉り丘をめぐつて、木を切り草を払ひ一条の帯を地に描いた。そして天然の命令にしたがつて幾度となない変遷に処した。最初の路は山に崩され河底に没した事もあらう。次の路は洪水と風とによつて原野に埋もれたのであらう。それにも屈せず自然に必要と忍耐とによつて踏み馴された処が路となつた。人は路に従つて村を劃り家を建てた。そして人はその郷里の歴史と伝説のなかに幾世紀も埋もれてゐるうちに路は長い春秋の風雨につれ夜と昼のめぐり廻りにつれ、深く寂びしく、しかも根強い自然の練磨をうけて来た。雨にも霧にも消え失せる事のない辛棒を経て、花の開く人の門口から、山をのぼつて雲のなかまでつづく、長い善き地の線を保存して来たのだ。

まつたく古い美しい路の影は何にたとへよう。うね〳〵と村から村へつづくこの陸の航路のもの深い寂びやうは何と説明しよう。古い村々の路のすずやかな心易さ、のんびりとし深閑としたたのしさ、春夏の色のおもしろさ、遠慮もない人目もないあぢきないくらゐの伸々しさ、どうにもかうにも仕様のないやうなふしぎなをかしさ。路を愛する者にとつてそのつまらなさ味気なさが一つの古い愛らしい風情になる。田舎の古い路の有難さは例の直線でない事である。曲るともうねるともなく自然と趣きを変へて、先へ行く人の影は木立にかくれ思はず角の一里塚から馬なぞが現はれたかと思ふと、古い寺の夜の木があかるく燃えてゐたり、白い障子の家がよいほどつづき、また藪となり畑となり田圃の眺めとなる。一つの村を越すと次の村の趣きがいかに、楽しみであるか。寺と社と木立をもつて次ぎ〳〵に現はれて来る村が、路に添つて、あらゆる生活の風景をも陳列し眉のほとりにせまつてくる。そして旧道の楽しみは、より濃き四季の風物を愛翫する事が出来ることである。裏に入り横に曲つて一つの村のもつとも深いあたりをぬける。私たちはほんとの四季の花暦がひらかれてゐるのを、露と匂のまま受取ることが出来る。古今のうつり変り、事物の新旧の趣き、生活と自然との密接な暗示の働きを眺める。女たちや動物たちの音楽をきく、天然の科学と芸術の意飾を学ぶ。むかしの日本人は生涯かかる路をゆく自然の旅行を愛した。かれ等は人生を解放して思ふがままに寂しみ自然の慈愛を求めた。かかる路は世を厭ふ者の詩となり宗教となつた。ほんとうに出来る事なら私もかかる旅行の歩行者となつて後半生を風と雲の中に没してしまひたいと願つたこともあつた。そこにはまだまだ冬の時雨、春の花、夏の白雨、秋の夕映があり、そして旅行者にとつてのさらに哀情の松明をつくす古い鐘の音と日没がある。

6

と云へば月並の文句で、私もお他分にもれぬ都会児の田舎論を説く一人にすぎない

舎あるきをする事にきめてゐる。そしていつも三月と十一月の田して私は私と心を同じうする友達を三四もつてゐる。然し幸ひに寂然としてその路をゆく心を理解する事の出来ない一人かもわからない。秋の鳥のやうにかも知れない。そして田舎者の、百姓の、ほんとうに孤独な人々が、

　その歩行のたのしみは、私の冬と夏との労苦から甦らせてくれるのに十分だ。町にくすぶつてゐる私たちは、いつもそこから今更に新鮮なものを汲むでくる。名所をたづねるのでなく歴史を求めるのでもなく、ただ古いよい路を選むで彷徨ふのである。時には路のない山懐に入る畑をよぎり雑木林をくぐつて、名も知らぬ村々をめぐつてくる。相模の東南、東京の西部、或は中山道近くまで歩く事もあるし、近くの一村をめぐつて日を暮らしてしまふ事もある。暑い日にも出てゆく、寒い時にも又ゆく、しかし理想的なのは十一月と三月の歩行である。三月はみづ木の花に始まり、まだ見ぬ春が淡々とながれてゐるし、十一月のよい日には夏と秋と冬との三期にわたる景色が感じられる。五月の春と夏との間の時はいつも遠く旅行する事に限られてゐるが、三月と十一月は普段着のままふらりと出られる場合に限られてゐる。その不用意に歩きだして思はず遠路をしてしまつた時ほどうれしい事はない。十一月の山菊と龍胆の花ざかり、五月の淡い瓜の花ざかり、三月の名もない木の花ざかり。さう思つただけでも古いよい路が目の前にうかんでくる。かと思ふとこの連中で又旧の横浜の山手をあ

るく事もあるし、東京の古い場末を歩いた事もあつた。そしていつもそれは古い落ついた影のある静かな路に限られてゐる。全く路は古いほどよく自然の情愛がしみでてゐるからだ。

そんな風に私は極く旧弊の眼で路を観、かつ批判する。そしていらいらしながら新郊外の路や改築中の道路をながめてゐる。全く今の道路設計は言語道断だ。都市の水の美、街路の放射線、店舗と大洋館の配合といふ事にかけては大きなことはいへないが、一寸した小さい路、防風林、草地、垣、池、村と小さな町との配合、さういふ局部に限つて私はあくまで旧道保存主義をとる。それは毎日の歩行の一歩々々に直接神経を苛立たせるからだ。文化村もいやだ。埋立もいやだ。今の郊外の路は残忍極まる人の庭をつきぬける思がしてゐる。かくしていつになつたら直接我が家の軒からよい路上に出られるやうになるだらうか。それとも私のやうな古い日本の路の好きな者は、いよ〳〵電車の便もない山深くの路へ追放されてしまふ運命だらうか。私は今の路を憎む。そして古い村の路を小児のやうに恋してゐる。

『月に吠える』を読んで後

どうも僕には批評といふ事が出来ない――といふのは芸術の高い度量計か比重計といつたやうな、ふかい標準が、どうも時代とも、近世的なものとも、一般とも異つてゐるやうで、人のものを批判する権威もなければ定見もない。いやむしろいつでもあくのぬけない自分の好き厭ひで、それがいつさうはげしく乱されてゐる。

しかしむづかしい議論のわからない僕でも、蝸牛や甲虫が持つてゐると同じやうな、妙な触角は持つてゐる。であるから悪いとは思ひながら、人の詩集を頂いても、その触角で二三度チクチクとあたつて見てから、縁のあるものとないものとすぐ見分けてしまふ。誠に困つた事であるが仕方がない。今のところより多作をしようとする僕は、いち〳〵世界の詩壇の歴史や伝統と比較研究して、その作品を忠実に評価するなんて事は思ひもよらないのだ。

それに実をいふと、僕はまだ詩の初心者で、当時定評のあつたこの「月に吠える」

を知らなかつた。室生氏の「愛の詩集」あたりから、初めてシンに詩をよみ出したり、身にしみて感ずるやうになつたので、この再版を頂いてから読んで見ると、前に雑誌で読んでゐた萩原氏の詩の印象が、逆に映つて来た形である。それもよい。かまはず読んで見ると、僕の触角は妙にぴりりとふるへた。室生氏のものを読んだときとは又別な、同じ冷徹した字句をもつてゐるやうで、これは又少し病ひの「所謂清純の凄さ」と云はうか、奇異な竹の味のやうな、冬の世界と又一種冷めたいなかにある春のあたらしい霧がある。一体僕は感じの鋭くない、生き〳〵した本能のないものは大嫌ひだが――この中には僕にとつてまるで未知な異常な切れ味がある。これは驚きだ。

本来僕は健康性のない、人に快適な、発散するやうな、生新と、清らかな味のないものは嫌ひなのだが、この作者の病的――といふ感じの中には、妙にきたなさがない。生温さがない。どこかムンクの初期の作品に見る「青さ」がある。するどい、趣味性と神韻がある。僕はそこに水禽のもつ冷い美しさと、細緻な昆虫なぞのかがやきと、大へん上品な貴公子の神経図譜を発見する。

これは僕とは反対側の、高貴な、陰影的な世界の人だ――と先づ思ふ。同じ月光を扱つても佐藤春夫氏とは又異ふ。その色感、慾情なぞが妙に老いて又妙に若い。そして生理的にふしぎな恐怖を帯びてチカ〳〵生きてゐる。あの生理的な生きた感じ――それが萩原君の根本から気質と一致した自然性である。つまり感情そのもののシンから根ざした芸術感で、一番大切な、一番人の胸にひびく、只一つのものを萩原君は清い鐘の音のやうに人にひびかす天稟をもつてゐるといふ事だ。思想といひ感情といひ何といつても、この「匂ひ響き」のない人はいい芸術家ではない。今の詩壇にはこの匂ひ響きをもつてゐる人は、萩原、千家、室生――の三人ぐらゐではあるまいかといふ事を常に感じてゐる僕は、ここで萩原君の初期の、やや気取つた、多少表現の金属的な作のなかから、その匂ひと響きを嗅ぎいだす。

とはいふものの僕には、あの病気と、あの腐つた「腰から下に草が生へ」とか、蛤から手が出るといふやうな感覚は気味がわるい、どうもいけない。この頃の明るい「閑雅な食慾」とか「新らしい慾情」の中の、すばらしい幽雅な冥想風のものを見せられて、それに身をふるはせてゐる僕は、又萩原君のもつ肉感は決して嫌ひでない。一体どんなものでも萩原君の手にかかると一種の陰影にうたれ、透明なぐりぬぎにされた精巧な幽愁を帯びる。萩原は天成の陰影と月光の作家で、夜の色や水の感じがその思想の中まで沁みてゐる。只むしろそのありのままで一致してゐる表現が恐ろしくうまい。とても敵はない。萩原君ので褒めても褒めたりないのはあの匂ひと情緒との気稟と、それから二拍子揃つた陰影の透明な表現力であらう。

匂ひといつても萩原君のは「有明」の、又は深夜の、幽艶なもので、それが発散的でなく、沁みるやうな、ひびくやうな匂ひだ。それにつれて色感も皆うすい月光につらぬかれてゐる。萩原君には大へんな触感や情緒のよりこのみ、ぬきさしがあつて、黄金でも少し燻しがなければいけないし、鮮紅色でも、白昼の自然色でもが悉く、萩原君の内部から来た色の影を帯びてゐなければ承知が出来ない。あすこが又好きなものにはすばらしくよい。それに野蛮性はなし、雑漠な描写がなし、議論がなし、詩句が皆生きて一つになつて、思想も形もあらゆるものがその情緒の音楽性に統一されてゐるところが心地がよい。萩原君ほどその音楽性の言葉のうまい人はない。リズム論はさておいて、詩がその清純な発想法によつて、あらゆる分析や批判を超えてゐるのが、何よりうつくしい。

　僕はこの「月に吠える」を何といつてよいか今言葉を知らない。只萩原君の第一詩集として五年後の今日でも、恐るべきものとして読む事の出来る魅力に驚く。そして萩原君の思想風に洗練された匂ひや色や音楽に身をふるはせる。その点で僕は萩原君の第一の読者だ。僕は同君の新作が待ち遠しくつてたまらない。恰度ルドンの白と黒との清らかなマッペを見たいやうに——さうだ。萩原君はルドンの「月下地上をさまよふ巡礼」とか「人獣天を狙ふ」とか「新らしき妖怪」とか「或夜神秘なる瞳の天に現はるるを我見たり」といふ画に似てゐるといつても失神ではあるまい。ルドンには僕は驚嘆してゐる。萩原君には敬服してゐる。多田君のいふ意味の神秘主義からいつても、僕の共鳴しないではゐられない、深い、星座のやうな、陰と光との奇蹟を見るやうな、ふしぎな芸術感がそこにあふれてゐる。

それに古典味のない古雅なものと、新鮮な近代的な教養とが、うつくしい智慧といつしよにつきまとつてゐるし、いふに云はれぬ複雑さを、単一にすつきりと表現する点で川路君とは又違つた一歩鋭いものを持つてゐるし、萩原君ぐらゐ恐怖の圏内にぢつと蜘蛛のやうにとまつて詩の世界を見つめてゐる人はない。あれは外見ではない。きつと肚から芸術と一生とを剣にかける人の態度だ。「新らしき慾情」をよんでも、そのニイチエ式な表現法の他に、実に得も云はれぬ魅力がある。あれが恐ろしい。さういふ点で僕はもつと書いて見たいと思つてゐる。

大樹の花・室生君

室生君の事を遠くから考へると、限りなくなつかしい優しい人に思へる。自分のやうな粗雑な頭ではふつくりと室生君の面影を伝へる事は出来ないが、自分は室生君の事なら思ひきつて書いて見たいと思つてゐた。

室生君は自分にいつもはつきりした印象を残してくれた。といふと自分のいい友達を店卸しするやうで少しヘンだが、自分が本気でさうだと信じてゐる事を書かして貰ふのはよい心持だ。自分は室生君に逢ふといつでも静かに心を澄まして話す事が出来る。聞く事も出来る。室生君程安心して人を心持よく落付けてくれる人は尠ない。室生君には草木の肌や幹が持つてゐる優しみといふやうなものがあるに違ひない。寂しいよい滋味がある。幽かな優雅な血が働きかけてくるのだと思ふ。それでゐて親切で叮嚀で、今時珍らしい礼節のある人だ。

よく百田君を誘つて出掛けて行くと、帰りには遠い山荘から下りてくるやうな心持がする。清く静かに住む事にかけては室生君は名人の一人だ。自分達から見ると室生君の家庭には馬鹿に美しい微妙な秩序がある。蘭のやうな静けさである。あの空気で仕事をするのだと思ふ。竹の葉が二三片綺麗な古い陶器の陰でさや〳〵と鳴る。手水鉢の干酌に仲秋と六朝風に書いてある。室生君は金沢の人だ。色のよい九谷焼を沢山持つてゐる。駒鳥のやうに優しい眼をして古い陶器で茶をする。水と木の葉の匂ひを楽しむやうに。室生君には自分達なぞには見えない平明単純なものの中に、はつきりと形の美や静かな色彩を捕へる清純な眼がある。他人の窺ひ知れぬ独自の優美な光りでものを見ては捕へる。言葉もはつきりとして、容貌にも何処か大樹の花のやうな優しさと、新らしい典雅な風致がある。室生君には確かに沢山の樗の花や大きい泰山木の純白な花に似てゐるところがある。その匂ひ響きがある。芸術も一流の織匠のやうな的確で、静粛な世界の花園を設計してゐる感じがする。室生君には純日本といひたいくらゐな天禀がある。昔の淡々とか乙由とかいふ人は加賀にゐたかどうかよく知らないが、何処か芭蕉系の風韻を持つてゐる所が似てゐる。

室生君は樹や花や魚や陶器や水や女性について特殊な感能と、幽麗な寂然としたやうな愛を持つてゐる。いつも一緒に歩いたり話したりしてゐると、突如として室生君は不思議な類推を持つて新らしい形容詞でものをいふ。室生君にとつては生活するといふ事と新らしく認識してゆくといふ事とが一つになつて芸術となるのだ。その表象的な描写が、特別ではつきりした独立性をもつてゐて、自己の響きと繊細な官能以外なものは受け入れない処によい個性があるのだ。自分はいつも室生君のよい空気と趣味を尊敬する。形と質と性に眼に見えぬ意図と、嶄新な精霊的なものが織りこまれてゐるのには感心する。

このあひだ夜の両国の鉄橋の上を歩いてゐた時、まん〳〵とした水勢や、星や燈火がギラ〳〵して妙に怖いやうな煌めきが出てゐるのを見て、「僕にはかういふ処は書けない。」と室生君がいつた時、自分は「何故？」と訊ねた。室生君は「僕はある意味で田舎者だから……」と考へ〳〵静かにいつて又「否、どう思つても書けない。」と強く振りきるやうにいつた。

自分はその時わからなかつたが後に室生君のいふ意味がわかつた。自分は（新らしい田舎者）として（優雅な寂しみと渋みを持つ人）としての室生君が、いかに狭くともよく自分の道と領土を知つてゐるかに驚いた。又ある時自分は同君に「何故脚本をかかないんですか。」と訊ねた時、「僕は会話の芸術にはまだかからない。今の僕は地の文に精神を入れてゐる。」といふ意味の返事をした。全く室生君の今の芸術を知る者は構造とか企画を第二にして地の文を見て、そこにいかに努力と静かな美しい手法があるか読みとるのがいいと思ふ。然し自分は今芸術論をするのではないから、この位にして置くとしても、室生君くらゐ仕事と生活とがぴつたりしてゐる人は一寸ない。

もの、隅から隅まで、影と響をよく心に入れて、豊かな朝の光りで、克明に毛彫のやうに物を見る。室生君にとつては物は宇宙の織物だ。新らしい宇宙は芸術としての金鉱なのだ。室生君の中には惨忍がない。奸譎《かんけつ》がない。悪慾がない。呪咀がない。闇黒がない。そこが室生君をして無限に物を美化させる精神だ。逢つて心持よく、安心して正直に静かに思はせる心の力だ。そこになつかしさと、優しさと、大きい深い平明さがある。自分はそこが好きだ。室生君に牽引されるのはその荘重な典雅なよい教養に風化されるからだ。自分は室生君が詩をかいても小説をかいても少しも狂ひのない、むらのないのに驚く。室生君は出来不出来はない。

　一方又室生君は非常に苦しむで来た人だ。よく「僕の落魄時代に……」といふ。比較するのもをかしいが室生君にいやな西洋臭のないのは何よりで、強ひて求めると何だか仏蘭西のカミイユ・サンサンといふ人の音楽は、何処か室生君のものに似てゐやしないかと思ふ。勿論少しあてずつぽうだが、大きくいふと国民的な情操といふものがよほど出てゐはしまいかと思ふ。さうして室生君は十余年も苦しむで来てゐる。これからは材料に窮する事はなし渋く豊かに簡潔に進歩して行くと思ふ。その点でも室生君は人に決して疑問を抱かせない男だ。白秋氏は室生君を若い栗の木に譬へた事があつたやうだが、危つ気のない意味でも室生君は深山の樹だ。何故か頼もしい力になる。闇黒に陥つても汚れ朽ちないところがある。意志が深く沈むでゐて見えないが生涯の仕事と生命とを貫くよい精神を持つてゐる。秋のやうな豊麗な輝きがある。あの上により現実味や宗教味が加はつて来たら一寸恐ろしい。

室生君はよく「自分自身の分。」を知つてゐる人だ。その点で個人的にも信じられるし、長い生涯の尊敬する友人になれる人だ。よい世評を別にしても自分はしつかり裏書きが出来ると思ふ。全く室生君は深山の大樹の花のやうな寂しい愛があるとでも云はうか。静かな品位高い匂ひがあるとでも云はうか。一寸自分達に届かないものを持つて生れた人だ。

最近歌謡談義

最近、放送局あたりが命名したので、やつと歌謡といふもののヂャンルが、一般にはつきりして来たやうである。尤も歌謡とよばれる形式は、非常に古くから日本にあつたものでつまりはリリックな詩であつたのであるが、その時代々々でいろ〳〵と変化して来たから、他の和歌や俳句のやうにはつきりとしたヂャンルを一般に認識せしめることが出来なかつた。さうした古謡が神代から室町時代へかけて、種々な名でよばれてゐるうちに、いつか民謡といふやうな庶民の唄になつて来た。

明治の新体詩時代になつても、その形式を学びながら、自然にリリックなものから離れ、文学の詩になり、口語体になつても依然として、ます〳〵歌謡的本質から分離し、遂に今日の詩は眼で読むもので、口唇で反転愛誦するものでなくなつてしまつた。従つて今日の新らしい詩人に云はせると、歌謡は詩ではなく、卑俗な音楽的文句でしかないといふことになつたが、これは非常な間違ひでなければならない。尤も極く卑猥な流行歌までが、一概に歌謡とよばれるやうになるのは考へものであるが、然し歌謡も詩の一ヂャンルであるといふことを認識出来なければ、これからの詩の発展性といふものが無くなるではないか。今日、若い人の作る詩は仲間だけが読むだけだ。これを一般に伝達しようといふには、どうしても眼よりも口から、つまり音楽的な空間作用に拠らなければならぬ。そこに歌謡といふものの新らしい意義が、今日の時代に存在権を持つやうになるのだ。

詩はもつと朗読され、愛吟され、愛誦されねばならぬ、叙事的なものにしても、抒情的なものにしても、今迄のやうに単に小曲的な、雑誌の埋め草的なものであつてはならない。小説の原作がよく劇化され映画化されるやうに、詩もオペラ化され、或は音楽化され、そこに渾然とした歌謡の本質的使命を果さなければならぬ。が然し、実をいふと、この実行といふことが、今でもなか〳〵至難なことで、本質的に詩のために生きぬかうといふ人々が、うかつに手を出さない理由はたくさんある。それは、第一に流行歌的運命のプロセスを経なければならぬといふこと、即ちマーケットに出すこと、音楽家と結ぶこと、次でレコード会社なぞに関係しなければならないこと等々である。更にさうするには、もつとリリックに、調子をつくらねばならぬ。何かしら独自の定型がなければならぬ。つまりそれが妥協的で厭だといふこと、日本語の貧困から、文口両語で巧く自他の融合が出来ぬことなぞに帰因してゐる。そしてより極端になると、自己の幽玄なる、或は雄渾なる、流麗なる、独自の詩想といふものは、到底大衆に理解さるべくもなく、百年河清を待つ如く、極く少数の読者があればよいといふ諦めである。これがまだ今日の世界にも、詩人をして象牙の塔に籠らしめる癌の原因でもある。

然し、そんなことを云つてゐるうちに、時代はます〳〵変化し反転して、一般社会は独りよがりの、到底理解すべくもない個人的なポエジーよりも、大きく、明るく、たのしい国民的なものを要求してゐるのである。このことは、最近十年間の流行歌の変遷なぞを見るとよく解ることである。もちろんうはべは卑俗な、カフエー的、寄席的、キャバレ的なものが歓迎されてゐるが、然し徐々に本質的なものも購買されて来たのは喜ぶべき現象である。それもこの五六年間の各レコード会社の新譜を見るとよく解る。つまり一般大衆は、突然に本質的な詩なぞは要求しないが、人間的に本質の声なら聞きたいといふ欲求は持つてゐるのである。そこで滑稽なことには、流行歌で窮々としてゐる営利本位のレコード会社なぞが、これはどうか、これならどうかと、種々な種目を作つて提供するが、結局、衆愚か衆賢かといふことは解らぬ。全く水物だとしてゐる。そこが面白いではないか、実際、どんなにくだらなく見えても、大衆が飛びついてくる程のものは、どこかに民族的な、音楽的な、或は牢として抜くべからざる、人間的本質の味を摑んでゐるものなのである。そこに文化の波がある、時代的な色彩がある。

早く云へば、今日の大衆は、もつと他の文化に併行した歌謡が欲しいのである。大勢で唄へるもの、酔つて唄ふもの、独りで唄ふもの、それ他いろ〳〵に口誦む歌が欲しいのである。老人だつていつまで漢詩の朗吟や、新内常磐津に閉籠つてゐたくは無からうし、山手のマダムも下町のお内儀さんも、田舎の女学校の先生も、何か欲しいのだ。只学校の唱歌や長唄だけでなく、もつと直接に胸を打つものをやつて貰ひたいのだ。冠婚葬祭についても、四季の変化につけても、もつと世界的に、国民的に、文化と芸術の恩恵を受けたいのである。そこに人間性の秘密がある。つまり詩もこの秘密の根本の微妙なものに触れたものでなければ、到底長く人間を捕へることは出来ない。実際に今日の文化も芸術も偏してゐて、なか〳〵黄金時代といふものの現出しないのは、この根本の供給が欠けてゐるからだ。

今日、この文化と併行して唄へる紳士の唄がない、大学生の唄、中学生の唄、労働の唄、工作の唄、戦争の唄、平和の唄がない。喜びの唄、眠りの唄、結婚の唄、愛の唄、泣く唄、怒る唄もない。そこで仕方なく、歌曲をやつたり、剣舞をやつたり、民謡小唄をやつたり、校歌、軍歌、団体歌なぞを唄つて胡麻化してゐるが、現在のままではどうにもならなくなつてゐる。小説も劇も映画も、この要求に答へようとしてゐるのに、詩人ばかりが働かうとしないのは、自縄自縛といふよりほかはない。詩が稿料にならず、菊池寛あたりが滅亡論を口にするのは、尤至極の現象である。全く口にこそ出さないが、編輯者も読者も、今日の詩が面白くないのだ。況や社交婦人に、大臣に、重役に、スポーツマンに、シヨップガールに、詩が解らないのは当然である。解るやうに表現してやらないから、いつまで経つても解らないのだ。

かういふと、宛然小説組合のやうに、純粋派と大衆派と別れ、僕の意見なぞは大衆詩人の寝言ぐらゐにしか響くまいが、然し、この頃僕が矢鱈に歌謡的なものを書くのは、相当に故あつてのことなのだ。第一に純粋な、個人的な詩ばかり書いてゐると、どこの雑誌社でも買つてくれぬこと、つまり物的生活が出来ないこと、次には、もう僕等は二十年も個人的な詩を書いた。僕の持つてゐるポエヂーはほぼ出しきつてしまつた、後は次の時代の人と入れ代らなければならぬといふことである。どんな詩人でも、もう三冊の詩集を出したあとはそれ程のことはないといふのが僕の持論である。小説や戯曲は、描写の場面が広いから、相応に多作しないと、その作者のコスモス観がはつきりしまいが、詩は省略の世界である。ポイントで表現する端的なものである。故に三冊も書いたら、その詩人の持つてゐる特質は、必ず出てしまふものだ。あとは全くの余物だ。只、従来の手法と内容の延長にすぎぬ。ダダや生物突変説なら知らぬこと、人間はそれ程変化は出来ても、進歩は出来ぬ（本質的に）と僕は思ふ。従つて僕はもう僕だけのものを、善かれ悪かれ吐露してしまつた、後備の年齢と役割になつた。そこで少しは社会的に、たとへそれが謂ふところの消耗品であつても、一時的、花火的の効果しかないものでも、一つ罪亡ぼしのためにも書いて行かうといふのが、先づ偽らざる今日の心境である。この結果は今日外国でも同じことで、ポール・フォールなぞが餓死しようとしてゐる不幸も、只純粋に自分の詩の延長ばかり心掛けてゐる結果である。若い時分は詩を書いて餓死する勇気があつた。亦それが詩の名誉とも思つて頑張つた。然し僕はもう僕自身がそれほどの詩材と思はなくなつたから、山から街へ下りて来た。

　街へ来ればいくらでも仕事はある。結婚の唄が只高砂やばかりではもう仕方がない。葬礼がバイブルや経文の暗誦だけではどうか、学校が文部省の歌ばかりで、一般がお国自慢の民謡で、レコード流行歌で、そこに反転はあつても進歩がない。他の文化との比例がとれない。これは詩の不生産に原因するのでなく、詩的国民性の屈辱でなくて何であらうか。僕等で今日の歌謡を改めて書かうではないか。郵便局の唄、航空局の唄、ステーションの唄、インターナショナルな唄、東洋の唄、世界の日本の歌、それを実際に電波しようではないか、それが為めにこそラヂオはある。レコードはある。営利に頤使《いし》されず、相互の利権によつて、詩の実施的行為に就かうではないか、そこに詩の一ヂャンルとしての歌謡の使命と意義が出て来る。今日歌謡詩人が、純粋派から軽蔑されてゐるのは甚だよろしくない。純粋派は稿料をとらないから、やれ卑俗だ、妥協だとお高く止まつてゐられるが、実際その仕事の第一線に立つてゐる者の苦衷は相応なものである。そして誰もがその苦しさを訴へはしないが、とにかく年一年と小唄も流行歌も民謡もよくなつてゆく。これは我田引水ではなく、文化的基準から照らしても明らかなことで、僕の今日云ひたいことは、山手に納つてゐる詩人よ、もつと丸の内へ出ろ、そして僕等の戦つてゐる戦ひを後援してくれといふことだ。

詩を低下せしめるといふことと、詩を社会文化の基準に併せしめるといふことは違ふ。ケタを下げろ、売れ、広く俗物にも味はせろといふことと、詩といふものの本質を安売することとも違ふ。これはもつとくはしく論ずべき性質のものだが、要はその内容と手法だ。手法さへ発見されれば、あながち従来の形態に拠る必要はない。そこに新らしい定型が発見され日本詩の往くべき標準が確定する。只、その過程として、歌謡の道を往くことが、今日いよ〳〵詩をして生活基準に併行せしめるの術ではないか——然らば大にやらうし、亦諸君にもやつて貰ひたい——といふのが僕の願望でもある。

付・歌謡曲詞

赤城の子守唄

泣くなよしよし　ねんねしな
山の鴉が　啼いたとて
泣いちゃいけない　ねんねしな
泣けば鴉が　また騒ぐ

坊や男児だ　ねんねしな
親がないとて　泣くものか
お月様さえ　ただひとり
泣かずにいるから　ねんねしな

にっこり笑って　ねんねしな
山の土産に　何をやろ
どうせやくざな　犬張子
貰ってやるから　ねんねしな

国境越えて

踊りあるけば　西東
夜は悲しい　馬車の中
小窓にかざる　宝玉は
北のみ空の　七つ星

荒野は南へ　国境は
北にはなれた　幾百里
昨日は消えて　今日もまた
砂漠に残す　靴のあと

空のかなたに　出る月は
ニレの花咲く　ハルピンか
恋し悲しの　バラライカ

弾いて踊れば　夜がしらむ

緑の地平線

なぜか忘れぬ　人故に
涙かくして　踊る夜は
ぬれし瞳に　すすり泣く
リラの花さえ　なつかしや

わざと気強く　ふりすてて
無理に注がして　飲む酒も
霧の都の　夜は更けて
夢もはかなく　散りて行く

山のけむりを　慕いつつ
いとし小鳩の　声きけば
遠い前途《ゆくて》に　ほのぼのと
緑うれしや　地平線

むらさき小唄

流す涙が　お芝居ならば
何の苦労も　あるまいに
濡れて燕の　泣く声は
あわれ　浮名の　女形

好いちゃいけない　好かれちゃならぬ
仇なひとよの　浮気舟
乗せて流れて　何時までか
しのび逢うのも　恋じゃない

嘘か真か　偽むらさきか
男心を　誰か知る
散るも散らすも　人の世の
命さびしや　薄ぼたん

ゆかりの唄

都のともし灯　たのしく燃ゆれど
わが胸は露に　蝕ばむかよわき花
涙にかがやく　初恋も
ああ短きは　乙女の命

〈詩朗読〉
ああ傷つきぬわが胸は
真白きリラの花の如く
ひとりさびしく夕月に
すすり泣きつつしのびつつ
あわれ今宵も散りてゆく
ああ美わしの花よ
汝《なれ》の名は乙女
はかなくも消えて行く雪よ
汝《なれ》の名も乙女
紅そめし頬も
緑の黒髪も
束の間の秋の嵐に
散りてゆく

高嶺の白雲　ほのかになびけど
わが夢はさびし　浅間の煙のかげ
嘆けどうつつに　消えゆきて
ああ短きは　乙女の命

ヒュッテの一夜

雪に埋もれし　白銀の
山のヒュッテに　眠る夜は
赤い焚火に　頬よせて
乙女ごころは　ほのぼのと
懐かしいやら　怖いやら
扉あくれば　白樺の

影にかがやく　お月さま
いっそすべろよ　すべりましょ
銀のシュプール　美しく
月を今宵の　思い出に

雪に旅する　はつ雪の
ヒュッテうれしや　なつかしや
谷の雪崩をききながら
君と愉しき　ただひと夜
夢もほのかに　眠りましょ

男の純情

男いのちの　純情は
燃えてかがやく　金の星
夜の都の　大空に
曇る涙を　誰が知ろ

影はやくざに　やつれても
訊《き》いてくれるな　この胸を
所詮　男のゆく道は
なんで女が　知るものか

暗い夜空が　明けたなら
若いみどりの　朝風に
金もいらなきゃ　名もいらぬ
愛の古巣へ　帰ろうよ

愛の小窓

花の都に　身をすねて
若きいのちを　散らすやら
夜の巷を　流れゆく
君がパイプの　ああ　うすけむり
街のホールで　見る月は

弱いむすめの　泣く涙
夢の光も　さびしげに
なぜか今宵も　ああ　更けてゆく

つゆの月草　やるせなく
夜ごとやつるる　この胸に
待てど暮せど　かの君は
今日もかえらぬ　ああ　雨の音

乙女ごころの　くれないに
もえてはかなき　小夜嵐
愛の小窓を　ひらきつつ
あつい涙で　ああ君を待つ

六甲おろし～阪神タイガースの歌～

六甲颪《おろし》に　颯爽《さっそう》と
蒼天翔ける　日輪の
青春の覇気　美《うるわ》しく
輝く我が名ぞ　阪神タイガース
オウ　オウ　オウオウ　阪神タイガース
フレ　フレフレフレ

闘志潑剌《はつらつ》　起つや今
熱血既に　敵を衝く
獣王の意気　高らかに
無敵の我等ぞ　阪神タイガース
オウ　オウ　オウオウ　阪神タイガース
フレ　フレフレフレ

鉄腕強打幾千度《いくちた》び
鍛えてここに　甲子園
勝利に燃ゆる　栄冠は
輝く我等ぞ　阪神タイガース
オウ　オウ　オウオウ　阪神タイガース
フレ　フレフレフレ

東京娘

東京娘の
東京娘の　初恋は
燃えてほのかな　シャンデリア
せまい銀座の　たそがれも
ふたり歩けば　夢の園
おお　恋の夜　恋の夜

胸もあふるる
胸もあふるる　あの歌は
若い命の　セレナーデ
知っているなら　教えてよ
恋の手管の　ABC
おお　恋の夜　恋の夜

二羽の燕が
二羽の燕が　飛ぶように
いとし貴方に　抱かれて
紅のドレスで　踊る夜は
ぬれる素肌の　はずかしさ
おお　恋の夜　恋の夜

すみだ川

銀杏がえしに　黒繻子かけて
泣いて別れた　すみだ川
思い出します　観音さまの
秋の日暮れの　鐘の声

「ああそうだったわね、あなたが二十歳、わたしが十七の時よ、いつも清元のお稽古から帰って来るとあなたは竹谷の渡し場で待っていてくれたわね。そして二人の姿が水にうつるのを眺めながらニッコリ笑って淋しく別れた、本当にはかない恋だったわね……」

娘心の　仲見世歩く
春を待つ夜の　歳の市
更けりゃ泣けます　今戸の空に
幼馴染みの　お月様

「あれからわたしは芸者に出たものだから、あなたは逢ってくれないし、いつも観音様をお詣りする度に、廻り道してなつかしい隅田のほとりを歩きながら一人で泣いていたの。でももう泣きますまい、恋しい、恋しいと思っていた初恋のあなたに逢えたんですもの。今年はきっと、きっと嬉しい春を迎えますわ……」

都鳥さえ　一羽じゃとばぬ
むかしこいしい　水の面
逢えば溶けます　涙の胸に
河岸の柳も　春の夢

人生の並木路

泣くな妹よ　妹よ泣くな
泣けばおさない　二人して
故郷を捨てた　かいがない

遠いさびしい　日暮れの路で
泣いてしかった　兄さんの
涙の声を　忘れたか

雪も降れ降れ　夜路のはても
やがてかがやく　あけぼのに
わが世の春は　きっとくる

生きてゆこうよ　希望に燃えて
愛の口笛　高らかに
この人生の　並木路

青い背広で

青い背広で　心も軽く
街へあの娘と　行こうじゃないか
紅い椿で　ひとみも濡れる
若い僕らの　生命の春よ

お茶を飲んでも　ニュースを見ても
純なあの娘は　フランス人形
夢をみるよな　泣きたいような
長いまつげの　可愛い乙女

今夜言おうか　打明けようか
いっそこのまま　諦めましょか

甘い夜風が　とろりと吹いて
月も青春　泣きたい心

上海の街角で

リラの花散る　キャバレーで逢うて
今宵別れる　街の角
紅の月さえ　まぶたににじむ
夢の四馬路が　懐しや

「おい、もう泣くなよ、あれをごらん、ほんのりと紅の月も出ているじゃないか、何もかもあの晩の通だ、去年はじめて君に逢ったのも、ちょうどリラの花咲く頃、今年別れるのもまたリラの花散る晩だ、そして場所はやっぱりこの四馬路だったなあ、あれから一年、激しい戦火をあびたが、今は日本軍の手で楽しい平和がやって来た。ホラおきき、ネ、昔ながらの支那音楽も聞こえるじゃないか、」

泣いて歩いちゃ　人眼について
男船乗りゃ　気がひける
せめて昨日の　純情のままで
涙かくして　別れよか

「君は故郷へ帰って、たった一人のお母さんと大事に暮し給え、僕も明日からやくざな〝上海往来〟をやめて新しい北支の天地へ行く、そこで僕の仕事が待っていてくれるのだ、ねえ、それがお互いのしあわせだ、さあ少しばかりだがこれを船賃のたしにして日本へ帰ってくれ、やがて十時だ、船も出るからせめて埠頭《ばんど》まで送って行こう」

君を愛して　いりゃこそ僕は
出世しなけれゃ　恥ずかしい
棄てる気じゃない　別れてしばし
故郷で待てよと　いうことさ

人生劇場

やると思えば　どこまでやるさ
それが男の　魂じゃないか
義理がすたれば　この世はやみだ
なまじとめるな　夜の雨

あんな女に　未練はないが
なぜか涙が　流れてならぬ
男ごころは　男でなけりゃ
わかるものかと　あきらめた

時世時節は　変ろとままよ
吉良の仁吉は　男じゃないか
おれも生きたや　仁吉のように
義理と人情の　この世界

湖畔の宿

山の淋しい　湖に
ひとり来たのも　悲しい心
胸の痛みに　たえかねて
昨日の夢と　焚きすてる
古い手紙の　うすけむり

水にたそがれ　せまる頃
岸の林を　しずかに行けば
雲は流れて　むらさきの
薄きすみれに　ほろほろと
いつか涙の　陽がおちる

ランプ引きよせ　ふるさとへ
書いてまた消す　湖畔の便り
旅のこころの　つれづれに
ひとり占う　トランプの
青い女王《クイーン》の　さびしさよ

新妻鏡

僕が心の　夫なら
君は心の　花の妻
遠くさびしく　離れても
なくな相模の　鷗どり

たとえこの眼は　見えずとも
聖《きよ》いあなたの　おもかげは
きっと見えます　見えました
愛のこころの　青空に

強くなろうよ　強くなれ
母となる身は　幼児の
愛の揺籃　花の籠
なんで嵐に　あてられよう

むかし乙女の　はつ島田
泣いて踊るも　生計《くらし》なら
清い二人の　人生を
熱い泪で　うたおうよ

大手拓次（おおて　たくじ）

明治二十年、群馬県に生れる。磯部温泉の開拓に功があった家として知られるその業を継ぐことなく、上京して早大英文科に学び、フランス象徴派の詩人の濃い影響下に詩作するなかで、大正元年はじめて北原白秋の「朱欒」に「藍色の蟇《ひき》」「慰安」を発表、その後も白秋主宰の「地上巡礼」「ARS」等に寄せた作品は、空想を挟んだ特異な抒情において萩原朔太郎の眼を留めさせた。同五年以降はライオン歯磨の広告部に勤めて世過ぎとしつつ、詩壇とは孤絶した存在に終始し、自身の詩集を持たず、生涯また娶らないで昭和九年歿。白秋による序、朔太郎の跋文を得て「藍色の蟇」が同十一年に刊行された他、「蛇の花嫁」、訳詩集に「異国の香」がある。

佐藤惣之助（さとう　そうのすけ）

明治二十三年、神奈川県に生れる。小学校を卒業すると、商店に奉公に出る間、佐藤紅緑に師事して俳句、小説を学んだのから転じて詩作を始め、大正五年に刊行の処女詩集「正義の兜」に時代の人道主義を歌い上げて民衆派詩人として出立するが、やがて詩風を一変し、生得の明るい感覚を多彩で軽快な表現に盛った作品を「華やかな散歩」をはじめとする一連の詩集に示した大正期後半においては、新感覚派の文学運動の先頭を進む詩人とも目された。後にコロンビアの専属作詞家として「赤城の子守歌」他、数多い歌謡曲の歌詞を作り、また「詩之家」を創刊して後進の育成につとめるなど、幅広い活動を展開する中途の昭和十七年に歿。

近代浪漫派文庫　23　大手拓次　佐藤惣之助
二〇〇六年十月十三日　第一刷発行
著者　大手拓次　佐藤惣之助／発行者　小林忠照／発行所　株式会社新学社　〒六〇七―八五〇一　京都市山科区東野中井ノ上町一一―三九
印刷・製本＝天理時報社／DTP＝昭英社／編集協力＝風日舎
ISBN 4-7868-0081-3
落丁本、乱丁本は左記の小社近代浪漫派文庫係までお送り下さい。送料小社負担でお取り替えいたします。
お問い合わせは、〒二〇六―八六〇二　東京都多摩市唐木田一―一六―二　新学社　東京支社
TEL〇四二―三五六―七七五〇までお願いします。

◉近代浪漫派文庫刊行のことば

文芸の変質と近年の文芸書出版の不振は、出版界のみならず、多くの人たちの夙に認めるところであろう。そうした状況にもかかわらず、先に『保田與重郎文庫』（全三十二冊）を送り出した小社は、日本の文芸に敬意と愛情を懐き、その系譜を信じる確かな読書人の存在を確認することができた。

その結果に励まされて、専ら時代に追従し、徒らに新奇を追うごとき文芸ジャーナリズムから一歩距離をおいた新しい文芸書シリーズの刊行を小社は思い立った。即ち、狭義の文学史や文壇に捉われることなく、浪漫的心性に富んだ近代の文学者・芸術家を選んで四十二冊とし、小説、詩歌、エッセイなど、それぞれの作家精神を窺うにたる作品を文庫本という小宇宙に収めるものである。

以って近代日本が生んだ文芸精神の一系譜を伝え得る、類例のない出版活動と信じる。

新学社

近代浪漫派文庫〈全四十二冊〉

※白マルは既刊、四角は次回配本

❶維新草莽詩文集　歎涕和歌集／吉田松陰／高杉晋作／坂本龍馬／雲井龍雄／平野国臣／真木和泉／清川八郎／河井継之助／釈月性／藤田東湖／伴林光平

❷富岡鉄斎　画讃／紀行文／画談／詩歌／書簡　大田垣蓮月　海女のかる藻／消息

③西郷隆盛　遺教／南洲翁遺訓／漢詩　乃木希典　漢詩／和歌

④内村鑑三　西郷隆盛／ダンテとゲーテ／余が非戦論者となりし由来／歓喜と希望／所感十年ヨリ　岡倉天心　東洋の理想（浅野晃訳）

⑤徳富蘇峰　嗟呼国民之友生れたり／『透谷全集』を読む／還暦を迎ふる一新聞記者の回顧／紫式部と清少納言／敗戦学校／宮崎兄弟の思ひ出　ほか

黒岩涙香　小野小町論／『一年有半』を読む／藤村操の死に就て／朝報は戦ひを好む乎

⑥幸田露伴　五重塔／太郎坊／観画談／野道／幻談／鵞鳥／雪たゝき／為朝／評釈炭俵ヨリ

⑦正岡子規　子規句抄／子規歌抄／歌よみに与ふる書／小園の記／死後／九月十四日の朝

高浜虚子　自選虚子秀句（抄）／斑鳩物語／落葉降る下にて／椿子物語／発行所の庭木／進むべき俳句の道

⑧北村透谷　楚囚之詩／富嶽の詩神を思ふ／蝶のゆくへ／みゝずのうた／内部生命論／厭世詩家と女性／人生に相渉るとは何の謂ぞ　ほか

高山樗牛　滝口入道／美的生活を論ず／文明批評家としての文学者／内村鑑三君に与ふ／『天地有情』を読みて／清見潟日記／郷里の弟を戒むる書／天才論

⑨宮崎滔天　三十三年之夢／侠客と江戸ッ児と浪花節／浪人界の快男児宮崎滔天君夢物語／朝鮮のぞ記

⑩樋口一葉　たけくらべ／大つごもり／にごりえ／十三夜／ゆく雲／わかれ道／につ記―明治二十六年七月　一宮操子　蒙古土産

⑪島崎藤村　桜の実の熟する時／藤村詩集ヨリ／前世紀を探求する心／海について／歴史と伝説と実相／回顧（父を追想して書いた国学上の私見）

⓬土井晩翠　土井晩翠詩集／雨の降る日は天気が悪いヨリ　上田敏　海潮音／忍岡演奏会／『みだれ髪』を読む／民謡／飛行機と文芸

⑬与謝野鉄幹　東西南北／鉄幹子（抄）／亡国の音　与謝野晶子　みだれ髪／晶子歌抄／詩篇／ひらきぶみ／清少納言の事ども／紫式部の事ども／和泉式部の歌／産褥の記／ロダン翁に逢つた日／婦人運動と私／鰹

⑭登張竹風　如是経／美的生活論とニイチエ

生田長江　夏目漱石氏を論ず／鷗外先生と其事業／ブルヂョアは幸福であるか／有島氏事件について／無抵抗主義、百姓の真似事など／『近代』派と『超近代』派との戦／ニイチエ雑観／ルンペンの徹底的革命性／詩篇

蔵原伸二郎　定本岩魚／現代詩の発想について／裏街道／狸犬／目白師／意志をもつ風景／谿谷行

㉚ 中河与一　歌集秘帖／氷る舞踏場／鏡に這入る女／円形四ッ辻／はち／香妃／偶然の美学／「異邦人」私見

横光利一　春は馬車に乗つて／榛名／睡蓮／橋を渡る火／夜の靴ヨリ／微笑／悪人の車

㉛ 尾崎士郎　蜜柑の皮／篝火／瀧について／没落論／大関清水川／人生の一記録

中谷孝雄　二十歳／むかしの歌／吉野／抱影／庭

㉜ 川端康成　伊豆の踊子／抒情歌／禽獣／再会／水月／眠れる美女／片腕／末期の眼／美しい日本の私

㉝ 「日本浪曼派」集　中島栄次郎／保田与重郎／芳賀檀／木山捷平／緒方隆士／神保光太郎／亀井勝一郎／中村地平／十返一　ほか

㉞ 立原道造　萱草に寄す／暁と夕の詩／優しき歌／あひみてののちの　ほか　津村信夫　戸隠の絵本／愛する神の歌／紅葉狩伝説　ほか

㉟ 蓮田善明　有心（今ものがたり）／森鷗外／養生の文学／雲の意匠

伊東静雄　伊東静雄詩集／日記ヨリ

㊱ 大東亜戦争詩文集　大東亜戦争殉難遺詠集／三浦義一／影山正治／田中克己／増田晃／山川弘至

㊲ 岡潔　春宵十話／日本人としての自覚／日本的情緒／自己とは何ぞ／宗教について／義務教育私話／創造性の教育／かぼちゃの生いたち／六十年後の日本／唯心史観　胡蘭成　天と人との際ヨリ

㊳ 小林秀雄　様々なる意匠／私小説論／思想と実生活／満洲の印象／事変の新しさ／歴史と文学／当麻／無常といふ事／平家物語／徒然草／西行／実朝／モオツアルト／鉄斎Ⅰ／鉄斎Ⅱ／蘇我馬子の墓／古典をめぐりて　対談（折口信夫）／還暦／感想

㊴ 前川佐美雄　植物祭／大和／短歌随感ヨリ

清水比庵　比庵晴れ／野水帖ヨリ（長歌）／紅をもてヨリ／水清きヨリ

㊵ 太宰治　思ひ出／魚服記／雀こ／老ハイデルベルヒ／清貧譚／十二月八日／貨幣／桜桃／如是我聞ヨリ

檀一雄　美しき魂の告白／照る陽の庭／埋葬者／詩人と死／友人としての太宰治／詩篇

㊶ 今東光　人斬り彦斎　五味康祐　喪神／指さしていう／魔界／一刀斎は背番号6／青春の日本浪曼派体験／檀さん、太郎はいいよ

㊷ 三島由紀夫　花ざかりの森／橋づくし／三熊野詣／卒塔婆小町／太陽と鉄／文化防衛論